KB013084

살짜쿵 인형

# 살짜쿵 인형

초판 1쇄 발행  2023년 12월 7일

지은이  최서현
펴낸이  강수걸
편집  이선화 강나래 신지은 오해은 이소영 김소원 이혜정
디자인  권문경 조은비
펴낸곳  산지니
등록  2005년 2월 7일 제333-3370000251002005000001호
주소  부산시 해운대구 수영강변대로 140 BCC 626호
전화  051-504-7070 | 팩스  051-507-7543
홈페이지  www.sanzinibook.com
전자우편  sanzini@sanzinibook.com
블로그  sanzinibook.tistory.com

ISBN   979-11-6861-219-8 03810

살짜쿵

# 인형

최서현 지음

10년 차 키덜트,
인형이 만든
나의 다채로운 삶

산지니

# '무언가를 좋아하는 마음'의 힘

내가 좋아하는 건 뭘까?

종류 불문, 내가 가장 좋아하는 단 한 가지를 뽑는다면 무엇을 말할 수 있을까.

행복에는 여러 형태가 있고 정답은 없다고 생각하지만, 감히 행복을 정의하자면 '좋아하는 것을 마음껏 좋아할 수 있는 상태'다. 좋아하는 마음에 한 점 의심 없고, 이 마음에 거스르는 것 없이 내 뜻대로 즐길 수 있는.

나는 인형을 좋아한다.

보기만 해도 마음이 편안해지는 그 귀여운 솜뭉치가 좋다. 이목구비의 균형이 적당히 맞는, 보기에 예쁜 인형도 좋지만 어딘가 찌그러지고 대충 그린 듯이 생긴 인형도 좋아한다. 생김새와 관계없이 나를 폭신하게 안아주는 그 느낌이 좋다. 내가 어떤 마음이든, 언제나 같은 온도와 같은 폭신함으로 나를 안아주는 인형의 다정함이 좋다.

좋아하는 마음은 어떤 힘이 있을까.

무언가를 좋아하는 마음에는 누군가를 움직이는 힘이 있다. 누워만 있던 나를 일어나게 만들고, 남들 앞에서 부끄러워 숨기만 하던 나를 카메라 앞으로 나오게 만들고, 방에만 있던 인형을 세상 밖으로 가져다 놓는. 꽤나 다채로운 방식으로 누군가의 마음을 행복하게 만들 수 있는 힘.

10년간 인형 수집을 하며 가졌던 '무언가를 좋아하는 마음', 그로 인해 만났던 무수한 행복을 이 책에 담았다. 여러분이 이 책을 읽고 나서 "내가 좋아하는 건 바로 이거야"라고 말할 수 있게 되길 바란다. 내가 좋아하는 것을 있는 그대로 인정하고, 마음껏 즐길 수 있게 되길. 좋아하는 것을 마음껏 좋아하며 행복을 느끼길 바란다.

# 차례

## 3장　내가 좋아하는 것들의 의미

# 1장

# 내 인형의 의미

# 약간의 결핍이
# 충만한 삶을 만든다

어느덧 10년. 내 인생의 3분의 1, 나는 인형을 열정적으로 수집해왔다. 어딜 가도 '인형 수집광'이라 말할 수 있을 정도로 몰입한 시간. 인형을 좋아한 시점부터 생각한다면 내 인생 대부분의 시간일 것이다.

나의 기억 속 첫 인형은, 몸집도 눈도 커다란 사람 인형이다. 속눈썹이 길고 촌스러운 핑크색 드레스를 입은 그 인형은, 누우면 눈을 감고 세우면 눈을 반쯤 뜨는 그런 인형이었다. 어린 내 눈에도 요상스런 외모에, 내 몸통의 절반이나 되는 큰 인형이었지만 나는 온종일 그 인형을 손에서 떼지 못했다. 유난히 내성적이었던 나는 항상 내 곁을 지켜줄 무엇이 필요했던 모양이다. 엄마, 아빠 그리고 주 양육자였던 할머니조차도 항상 내 손을 잡아줄 순 없었기 때문에, 그 촌스럽고 커다란 인형만이 내 손을 항상 잡아줄 수 있다고 생각했다.

어린 시절 나는 유독 혼자 있는 순간을 두려워하는 아이였다. 매일 아침, 자고 일어나면 옆에 아무도 없는 게 무서워서 자기 전에 옆에 누워 계시는 할머니의 속옷 끈을 꽉 잡곤 했다. 교회 수련회같이, 아는 사람 없는 낯선 환경에 떨어지면 구석에서 혼자 안경만 만지작거리기도 했다. 그래서 내 주머니에는 늘 가지고 다니는 물건들이 있었다. 부모님이 주신 손목시계, 할머니가 시장에서 사 온 머리방울, 친구가 선물로 준 팔찌 같은 아주 별것 아닌 물건들. 지금 내 옆에는 의지할 그 누구도 없지만, 마치 누군가가 곁에 있는 듯 든든함을 주는, 대체할 수 있는 무언가.

어릴 때 가장 무서웠던 순간을 떠올리면 조명등이 고장난 학원 화장실에 혼자 남겨졌을 때나, 자고 일어났는데 불 꺼진 방에 혼자 남겨졌던 장면들이 지나간다. 혼자 있는 것을 무서워하던 그 아이는 어른이 된 후, 은은한 조명이 들어오는 인형을 모으는 사람이 됐다. 어느 방에서든 쉽게 켤 수 있는 조명 제품(그런데 귀여운 외관을 하고 있는)

살짜쿵 인형

이 있고, 머리맡에는 배를 누르면 하트 조명이 켜지고 자장가가 나오는 곰인형이 있다. 나를 위해 산 인형인데, 아이가 태어난 후에는 아이를 재울 때에도 사용하고 있어서 '역대 급 잘 산 아이템' 중 하나다. 이제는 어릴 때처럼 어둠을 두려워하진 않지만, 혼자가 되는 순간에도 혼자가 아니라는 확신을 가질 수 있는 어른이 되었다. 내 두려움을, 나의 나약함을 스스로 달래는 방법을 아는 어른. 나에겐 인형이 그 확신의 근거인 셈이다.

내 기억 속 유일하게 '비호감'인 인형이 있다. 친척 집에 있던 인형. 사촌의 방, 장롱 위에 있던 그 인형은 어딘가 섬뜩한 얼굴이었다. 지금 생각해 보면 나의 첫 인형과 그다지 다른 외모도 아닌데, 왠지 그 인형은 꺼림칙했다. 내가 어디로 가든 나를 쳐다보는 것 같았고, 감정 없는 그 얼굴로 갑자기 나에게 달려들 것만 같았다. 평소 나와 사이가 좋지 않았던 사촌의 성질머리는, 저 무섭게 생긴 인형에게서 온 것이 틀림없다고 생각했다.

사람과 사람 사이 관계만큼 사람과 인형 사이에 중요한 건 감정 교류다. 인형에겐 아무런 감정이 없다지만 인형을 바라볼 때, 손을 잡을 때, 품 속에 안았을 때 우리는 어떠한 감정을 느낄 수 있다. 상식적으로 인형에겐 '마음'이 없다고 보지만 인형을 바라보는 내 마음에선 무언가 시작됨을 느낄 수 있다. 인형 매장에 똑같이 생긴 인형이 수십 개 있지만, 어쩌다 내 손에 잡혀 품에 안긴 순간 선반에 있는 아이들과는 다른 우리만의 이야기가 담긴다. 모두가 날 떠나도 이 아이만은 내 곁을 지켜줄 거라는 확신. 내가 가진 어떤 불안이나 공포를 잊게 해주는 귀여움. '혼자'인 시간을 벗어날 수 있게 해주는 존재. 약간의 '결핍'을 채워주는 나의 인형. 옷깃만 스쳐도 인연이 되듯, 한 번 안기만 하면 인형과의 감정 교류, 우리만의 이야기가 만들어진다. 어떤 상황, 어떤 공간, 어떤 사람과 있느냐에 따라 인형과 나의 관계는 달라진다. 나의 첫 인형과, 내게 공포심을 주었던 그 인형의 차이가 있다면 오로지 이것뿐이다.

인형을 미친 듯이 수집하는 나를, '무언가 심각한 결핍이 있는 사람' 취급을 하는 시선도 있다. 스스로도 분명한 원인을 파악할 수 없지만, 분명

살짜쿵 인형

내게 어떠한 결핍이 있고 그것을 인형 수집으로 풀고 있다고 생각한다. 그렇다고 해서 나의 수집 활동에 문제가 있다는 건 아니다. 사실 세상의 모든 어린이들은 장난감에 대한 결핍을 안고 산다. 내가 원하는 모든 장난감을 항상 손안에 가질 순 없기 때문이다. 우리 부모님이 유독 장난감을 덜 사주시긴 했지만, 어린 시절의 나는 나름대로 그 빈자리를 무언가로 부지런히 채웠다.

행복한 사람은, 나의 욕망이 무엇인지 정확히 알고 있으며 그 욕망을 쉽게 포기하지 않는 사람이다. 나는 약간의 결핍으로 나의 욕망을 선명히 알게 되었고, 마음대로 인형을 살 수 있는 자유와 돈이 생긴 뒤 '욕망의 실현'까지 이룰 수 있었다. 결국 나는 정의할 수 없는 어떠한 결핍을 가진 어른이며, 그로 인해 인형 수집광이 되었지만 덕분에 나는 충만한 삶을 살고 있다. 내가 무엇을 좋아하는지, 어떤 일을 할 때 행복한지 제대로 느끼고 있다. 우울감이 들고 지칠 때 빠르게 원래의 상태로 돌아오는 방법도 알고 있다. 알게 모르게 모든 인간은 결핍을 안고 있다. 결국 삶의 만족도는 그 결핍을 인정하고 어떻게 풀어내는지에 달렸다.

중요한 건 자기연민에 빠지지 않는 것. 내가 결핍을 받아들이는 방식에 있다. '나는 어린 시절 인형을 많이 갖지 못하고, 부모님께 충분한 사랑을 받지 못했어. 그 결핍을 지금 인형 수집으로 푸는 거야'가 아니라, '어렸을 때 인형을 많이 갖지 못한 게 지금의 나에게 중요한 욕망이 되었네. 지금의 나는 내 돈으로, 내 공간에 마음껏 인형을 모을 수 있어. 그렇게 하면 내가 행복해짐을 느껴'라고 생각한다. 어린 시절의 아쉬움은 아쉬움 대로 두고, 성인이 된 지금까지 남아 있는 '나를 위한 욕망'을 솔직하게 인정하고 실현하는 것. 내 인생이 완전할 순 없기에 나에겐 크고 작은 결핍이 있을 수밖에 없으나 그 결핍으로 인해, 혹은 결핍을 가진 대신 얻은 것들이 충분히 많다. 우리는 결핍을 부끄러워하고, 채워야 할 것으로 생각하지 않아도 된다.

인형 수집을 하는 나는 종종 이런 말을 듣는다. "그게 다 얼마야. 인형 살 돈으로 집을 사겠다." 의외로 나는 합리적인 소비를 하고 있고, 내가 버는 돈의 일부분, 내 기준에서 과하지 않은 수준으로 소비를 하고 있다. 물론 해외여행을 가면

미친 사람처럼 사 오긴 하지만 모두 나의 '가용 예
산' 범위다. 인형을 좋아하는 만큼 나의 안정적인
삶도 중요하기 때문에, 절대 경제적으로 무리하
지 않는다는 것이 나의 원칙이다. 내가 행복하려
고 수집하는데, 그로 인해 발생한 경제적 궁핍으
로 내가 불행해지면 안 되니까. 오히려 내 인형을
더 넓은 집에 전시하고 싶어서 열심히 빚을 갚아
내 집 마련도 했다. 자기연민에 빠지지 않고, 내
욕망을 솔직하게 받아들이면서, 나를 갉아먹지
않으며 건강하게 수집하기. 약간의 결핍이 나의
삶을 건강하고 다채롭고, 충만하게 만든다.

# 나는 왜
# 인형 수집광이 되었나

나는 10년 차 키덜트다. 입사와 동시에 인형을 조금씩 모으기 시작해 지금은 셀 수 없을 정도로 많은 인형을 소장하고 있다.

처음에는 침대 한쪽에 인형을 잔뜩 쌓아 두는 것으로 시작했다. 하나둘 쌓여가는 인형 탓에 나의 싱글 침대에는 내 한 몸 뉠 공간이 없었다. 내 공간이 점점 줄어들 때 때마침 결혼을 하게 되었다. 나의 영향으로 캐릭터 인형이 몇 가지 있던 남편을 설득해, 신혼집 방 3개 중 1개를 인형방으로 만들었다.

나의 수집품 1호는 남편이 남자친구였던 시절, 선물로 주었던 인형이다. 취업 준비로 스트레스를 받고 있던 내게 위로 차원에서 안겨준 인형이었다. 데이트할 때 하나, 해외 출장 다녀와서 하나, 기념일에 하나. 그렇게 남자친구와의 연애 햇

살짜쿵 인형

수만큼 인형의 수도 늘어갔다.

응원에 힘입어 취업에 성공하고, 처음으로 해외여행을 다니면서부터 본격적으로 인형 수집을 시작했다. 처음엔 여행 중 일부에 불과한, 기념품 개념이었지만 점차 '인형 쇼핑'이 여행의 주목적, 여행의 전부가 되었다. 주로 언니와 일본, 유럽 등을 여행하면서 그 지역에서 태어난 캐릭터 인형들을 사 모았다. 남들이 박물관이나 주요 관광지를 탐방할 때, 나와 언니는 블로그에도 나오지 않는 인형가게를 찾아다녔다. 때로는 여행지에서 캐리어를 새로 구입해 인형만 한가득 실어 올 때도 있었다.

내가 인형을 좋아하는 이유는 뭘까. 인형방을 보고 잔소리를 하던 엄마에게 "어릴 때 엄마가 인형을 안 사줘서 지금 사는 거야"라고 말했다. 반은 맞고 반은 변명인 이야기다. 인형을 과도하게 모으는 나는 분명 어딘가 결핍된 사람임에 틀림없다. 어린 시절 엄마는 인형이 아닌 책으로 선물을 대신했다. 나는 친척이나 지인 집에 가면 그 집의 장난감만 정신없이 들여다보곤 했다. 나는 항상 인형과 장난감을 탐냈다. 하지만 단지 결핍 때문에 인형을 모은 건 아니다. 나는 기록하고 싶었다. 여행지에서 초면의 캐릭터를 만나 단번에 빠져드는 순간이 좋았고, 그 감정을 여행의 기억으로 남기는 것이 좋았다. 사 오고 나면 어디서 뒹구는지 모를 의미 없는 기념품이 아니라, 항상 옆에 두고 볼 수 있는 인형이 나만의 여행 기록 방식이었다. 지금도 인형을 보면 어디서 어떤 감정으로 이 인형을 만났는지 생생하게 기억난다.

나는 눈으로 보고 싶었다. 회사에서 자존감을 깎아가며 일을 해낸 결과를. 회사에서 번 돈으로 가장 큰 행복감을 느낄 수 있도록, 나의 노고를 인형으로 치환한 것이다. 나는 품 안에 쏙 안기는 사이즈의 인형을 가장 좋아하는데, 안고 있노라면 인형이 나를 안아주는 기분이 들기 때문이다. 폭신하고 따뜻한 인형을 사면 한껏 깎인 자존감의 값보다 더 큰 행복감을 느낄 수 있다. 인형은 내가 나를 사랑하는 방식이다. 내가 나를 안아줄 수 있는 유일한 방법.

신혼집에서 처음으로 나만의 인형방을 만들었다. 삼면에 진열장을 설치하고 색깔별, 캐릭터별로 인형을 정리했다. 종류별로 한가득 인형이 쌓이면, 그만큼 나의 경험치가 쌓인 듯한 뿌듯함을 느낄 수 있다. 그 어떤 것보다 명쾌한 성취다. 방 한쪽에는 큰 쿠션을 두었다. 쿠션에 앉으면 인형들과 하나하나 아이컨택을 할 수 있다. 조그만 여러 개의 눈을 바라보면서 행복의 기억들을 꺼내어 보는 것이다. 여기에 블루투스 스피커도 한편에 두어 디즈니 OST를 틀어두면 금상첨화. 노래를 들으며 인형을 베고 독서를 하면, 나에겐 더할 나위 없는 휴식의 순간이 된다.

내 인형방에서 가장 오래된 인형은 앞서 말했듯 전 남친이자 현 남편이 선물해 준 인형이다. 취업을 위해 자기소개서를 쓰며 멘탈이 탈탈 털렸던 날, 내게 갖고 싶은 걸 사주겠다며 함께 동네 문방구에 갔다. 문방구 이곳저곳을 구경하다, 천장에 걸린 알록달록 커다란 애벌레 인형을 발견했다. 기왕 받을 거라면 큰 걸 받아보자는 마음에 그 인형을 사달라고 했다. 커다란 인형은 내 침대의 절반을 차지했다. 매일 밤 온몸으로 끌어안고 자니 취업난의 스트레스가 한결 풀리는 기분이

들었다. 그 이후 데이트를 할 때마다 인형이 있는 곳을 찾게 되었고, 자연스럽게 인형 수집이 시작되었다. 남편은 이 꼬질꼬질한 인형이 인형방의 시초가 되었음을 이따금씩 생색내곤 한다.

수집 초창기, 그가 선물해 준 인형이 하나 더 있는데, 그의 해외 출장길에 사 왔던 까만 곰인형이다. 은근히 구하기 어려운 캐릭터 인형이었는데, 공항에서 발견하고 날 위해 사다 준 것이었다. 촉감도, 생김새도 내 취향이었던 그 인형은 항상 자기 전 내 머리맡을 지켜주었다. 결혼 전 나는 이모집에서 하숙을 하고 있었는데, 이모가 키우던 강아지도 나만큼 이 인형을 좋아했다. 그 인형은 나와 강아지, 둘에게 사랑을 나누어 주다가 본인의 몸이 나뉘어져 버렸다. 강아지의 격한 사랑을 이겨내지 못하고 코가 나가떨어졌다. 이모가 미안하다며 급하게 코에 단추를 달아 주셨지만 얼마 지나지 않아 강아지에 의해 다른 부위마저 여기저기 쥐어 터지며 생을 마감했다. 나의 인형 수집 인생 중 유일하게 '외형을 유지할 수 없어 포기한 인형'이다.

본격적으로 인형 수집을 시작한 것은 직장인이 된 후였다. 신입사원 시절에는 아무도 시키지 않은 야근을 하면서도 즐거워했다. 내가 무언가 쓸모 있는 사람이 되었다는 기분, 나만의 프로젝트가 생겼다는 것이 꽤나 흡족했다. 하지만 얼마 지나지 않아 내가 하는 일의 의미에 대해 의구심을 갖게 되고, 때로는 회사 안팎의 빌런들에게 고통을 받으며 '직장인의 슬픔과 분노'를 느끼게 되었다.

　　나에겐 성취가 필요했다. 회사에서는 내 마음대로, 내 뜻대로 할 수 있는 것이 없고 나의 열정과 능력이 있는 그대로 성과로 이어지는 것도 아니었다. 인형을 사는 일은 내가 할 수 있는 가장 확실한 성취였다. 인형을 사는 일은 은근한 수고로움이 든다. 내가 좋아하는 캐릭터가 확실해야 하고, 그 캐릭터 굿즈는 어떤 것이 있으며, 어디에서 살 수 있는지를 알아내야 한다. 내 마음의 노선을 확실히 정하고 그에 따른 약간의 노동을 하는 것. 별것 아닌 것처럼 보이는 '인형 구매'는 결국 나를 들여다보는 것에서 시작해, 나를 위한 노동으로 이어진다. 게다가 이것은 내가 스스로 하고 싶어서 하는 일이고, 에너지 소비가 아닌 에너지 발산이 이뤄지는 노동이기 때문에 기꺼이 해낼 수 있다. 내가 좋아하는 것을 오로지 나를 위해 찾아 나서는 과정. 약간의 수고로움 끝에 얻어내는 확실한 보상. 이것만큼 완벽한 취미는 없다.

그렇게 작고 귀여운 월급으로 작고 귀여운 친구들을 모으다 보니 내 방이 인형으로 가득 차게 되었다. 나의 작은 싱글 침대는 나의 작은 몸 뉠 곳 없는 인형 장식장이 되었다. 자다 깨어 눈이 마주치면 기분 좋을 귀여운 친구들은 머리맡에, 대형 인형들은 내 몸 옆에, 폭신한 인형들은 발 밑에, 작은 인형들은 책상 위에. 자고 일어나면 바닥에 인형들이 우수수 떨어져 아침마다 정리해야 하지만, 매일 조금씩 다르게 내 마음대로 인형을 배치하는 일은 꽤나 즐거웠다.

방 한가득 쌓여 있는 인형들은 단지 심미적으로 좋다는 것 이상으로 내게 의미가 있었다. 온종일 성격 나쁘고 못생긴 아저씨들과 일하다가, 귀여운 인형들을 바라보면 바로 기분이 사르르 풀리는 것도 사실이지만, 근심 걱정 없는 저 편안한 얼굴의 인형들을 보고 있노라면 내가 온종일 골머리 앓던 일들이 우습게 느껴졌다. 하루 종일 날선 말을 듣고 와 너덜너덜해진 마음에는, 폭신한 인형들이 특효약이었다.

내가 회사에서 하는 일들은 대부분 실체가 없었다. 디지털마케팅 업무를 담당했던 나는 눈에 보이지 않는 서비스와 데이터에 불과한 몇 가지 낱말들을 눈에 보이지 않는 누군가에게 던지는 일을 했다. 분명 나는 일을 했는데 내 손에 남는 것이 없었다. 망망대해에 작은 돌을 던지는 기분이다. 그런 내게 인형들은 나의 노동을 실체로 보여주는 결과값이었다. 내 눈앞에 실존하면서, 실제로 만질 수도 있는 아주 확실한 결과물.

나는 운이 참 좋았다. '그 나이에 인형을 좋아하니?'라고 대놓고 물으며 무안을 주는 사람이 별로 없었다. 다행히 나의 첫 팀장님은 나의 취미를 비웃지 않는 사람이었다. 팀에 배치된 지 얼마 되지 않았을 무렵, 내 취미에 대해 듣고는 나와 똑닮은 캐릭터 피규어를 선물로 건넸다. 내 생일에는 팀원들이 조금씩 돈을 보태서 내가 갖고 싶어

했던 100cm짜리 거대 곰인형을 사주셨다. 지금도 그 피규어는 내 인형방 센터를 차지하고 있고, 그 캐릭터의 이름은 나의 닉네임이 되었다. 팀원들에게 선물로 받은 거대 인형은 아기방의 중앙을 차지하고 있고, 때로는 아이가 나 대신 끌어안는 엄마 대용 인형이 되었다. 팀장님과 팀원들은 별것 아닌 마음으로, 그저 막내 신입이 애처로워서 건넨 선물일지도 모르지만 그 선물들은 내게 대단히 의미 있는 존재가 되었다. 내 취향을 있는 그대로 받아주고 내가 좋아하는 것을 알고 내가 기뻐할 것을 상상하며 준비한 선물이어서.

내가 힘들었던 순간 소중한 사람들에게 선물로 받은 인형들, 무의미한 일에 지쳐 있을 때 스스로에게 안겨준 인형들, 타지에서 나를 생각하며 골라준 마음이 고마웠던 인형까지(비록 코는 뜯겼지만…). 인형은 내게 항상 위로를, 이유를, 의미를 주었다. 지치고 힘들어도 그대로 주저앉지 않게 하는 위로, 열심히 일해야 하는 이유, 누군가가 나를 생각하며 골라준 인형의 의미. 그 인형의 얼굴만 봐도 나는 순식간에 행복한 사람이 된다. 우리네 삶은 비슷한 고통과 비슷한 회복이 반복되는 지루한 모습이지만 일상의 작은 행복들이 예상치 못한 즐거움을 준다. 어쩌면 우리는, 그 행복의 조각을 끊임없이 수집하며 살아가도록 설계된 걸 수도.

# 인형 한 번 볼 때마다
# 100원이라면

 

인형 수집광이 인형을 살 때 가장 중요하게 생각하는 것은 '안김성'이다.

인형을 안았을 때 내 품에 폭 안겨오는 감촉의 정도를 뜻하는 말이다. (당연히 사전에도 없는, 내가 만든 말이다.) 즉, '인형을 품에 안았을 때 얼마나 나에게 만족감을 주느냐'는 뜻이다. 나는 대체로 품 안에 꽉 차는 큰 인형을 선호하는데, 무조건 크고 폭신하다고 좋은 게 아니다. 내 손에 착 감기는 그 느낌과, 안았을 때 오는 만족감이 반드시 있어야 한다. 문제는 나에게 맞는 인형을 고르는 게 생각보다 그리 간단하지 않다는 것이다.

안김성이 훌륭한 인형은 샵 안에서 잠시만 안아 봐도 금방 정이 들어 사버리게 된다. 고민은 사치일 뿐. 어쨌든 살 수밖에 없다. 찰나의 순간, 너와 나는 앞으로 쭉 함께하게 될 것이라는 걸 판단

살짜쿵 인형

하고 이내 받아들인다. 인형과 나 사이에 '서로를 받아들이는 순간'이 있다.

　안김성은 비단 '폭신함'으로 치환되는 단어가 아니다. 인형이 가진 털 재질, 팔다리의 모양과 길이, 이 캐릭터가 가진 스토리 등 모든 것이 종합되어 내가 인형을 안고, 인형이 나를 안는 온전한 느낌이 들어야 한다. 인형방에 새 인형을 들인 뒤 매일같이 안고 노는 건 아니지만, 나를 따뜻하게 안아주었던 그 인형이 이 공간에 있는 것만으로도 큰 위안이 된다. 안지 않고 보는 것만으로도 '안김성'을 느끼는 것이다. 처음 안았을 때 그 따뜻한 감성을 떠올리면서.

　학교에서, 회사에서, 혹은 어떤 모임에서 무수히 스쳐 지나간 인연들이 있는데, 꾸준히 이어지는 인연들은 '함께 무언가를 했던 기억' 하나로 이어지는 것 같다. 함께 큰 프로젝트를 수행하면서 고난을 겪은 사이도 있고, 아주 사소하게 어떤 장소에 함께 갔다가 좋았던 기억을 나눠 가진 사이도 있다. 오랜만에 만나도, 별다른 대화를 나누지 않아도 매일 봐온 사람처럼 편하고 의지할 수 있는 사람들이 있다. 내 일거수일투족을 속속들이 다 아는 건 아니지만, 품 속에 안아보진 않았지만 너와 나만의 안김성을 공유하고 있는 그런 사이. 언젠가는 어느 한쪽이 선을 넘을 수도, 상대방을 잊을 수도 있지만 '서로를 받아들인' 그 자체가 너무 감사하고 소중한 그런 사이.

　인형은 내게 아무 말도 하지 않지만, 나를 따뜻하게 안아주는 것만으로 많은 감정을 내게 전한다. 그 따뜻함의 기억으로 힘든 순간을 이겨내기도 하고, 사람과 사람 간 관계에 대해 생각하기도 하고, 잊고 있던 친구들의 소중함도 새삼스레 깨닫는다. 인형은 그저 가만히 있었을 뿐인데 나와의 관계를 맺는 순간, 나와 안김성을 공유하는 순간 무수한 의미가 탄생한다.


　내가 수집한 대부분의 인형은 대량생산된 제품들이다. 매장에서 무수한 인형 중 하나를 직접 골랐거나, 내가 온라인으로 주문하고 보내주는 사람이 임의로 고른 아이일 것이다.

　인형 세계에는 '개체 차이'라는 말이 존재한다. 공장에서 대량으로 모두 같은 방식으로 찍어

냈지만 개체마다 묘하게 생김새의 차이가 있다. 재봉선이 조금 비뚤어졌거나, 눈의 위치가 묘하게 다르거나, 털이 한쪽으로 몰려 있거나, 랜덤으로 짜여 있는 패턴이 제각기 다르거나. 플라스틱 장난감보다는 봉제 인형의 개체 차이가 심한 편이다.

미적 감각이 예민한 사람이라면 오프라인에서 직접 보고 마음에 드는 개체를 고르는 게 좋다. 뽑기 운이 나쁘면 이상하게 뒤틀린 얼굴의 인형을 받게 될 것이고, 눈알이 하나 없는 큰 하자가 아닌 이상 교환도 어렵다. 인형 수집광이지만 미적 감각은 아주 둔한 나는 개체 차이를 크게 신경 쓰지 않는다. 완벽한 비율로 완벽하게 귀여운 인형을 좋아하지만 어딘가 삐뚜름한, 그래서 멍충해 보이는 얼굴도 좋아한다. 대량생산된 인형 중에서 하필이면 네가 내게 온 이유가 있을 거라고, 누가 봐도 훌륭한 개체는 아니지만 네가 내게 옴으로써 의미가 생긴 것이라고, 그렇게 의미 부여를 하는 것이다.

해외여행을 가서 인형을 구입할 때, 첫눈에 반

하는 경우도 많지만 살까 말까 고민하다 구입하는 경우도 많다. 완전 내 취향은 아닌데 어딘가 눈길이 가는 그런 인형. 그래서 처음에는 사지 않고 지나쳤는데, 한 바퀴 돌며 다른 인형을 보다 보니 아까 그 인형이 자꾸만 떠오른다. 그렇게 자꾸만 아른거려서 구입하게 되는 인형이 있다.

10년 전 언니와 말레이시아 여행을 갔을 때, 어디서도 보지 못한 멍충한 얼굴의 물고기 인형을 보았다. 뭐 이렇게 생긴 인형이 다 있냐며 언니와 웃고 지나쳤는데 숙소에 돌아가서도 자꾸만 그 얼굴이 떠올랐다. 결국 다음 날 아침, 매장 문 열기도 전에 찾아가 애타게 오픈을 기다렸다가 기어코 그 인형을 사 왔다. 그 인형을 볼 때마다 처음 발견했을 때와 자꾸 아른거리던 순간, 결국 다시 찾아가야겠다고 결심했을 때 그리고 언니와 함께 닫힌 문 앞에서 애타게 기다리던 시간들이 생생히 떠오른다. 바로 집어 온 인형보다 더 많은 이야기가 인형과 나 사이에 존재한다. 나는 이것을 인형과의 운명적인 만남이라 부른다. 반드시 너여야 하는 이유, 너여야만 했던 이야기.

결국, 이 세상에 똑같은 인형은 하나도 없다.

하나하나 구매한 이유가 있고, 사연이 있다. 물론 내 기억력이 온전치 않아 얘는 어디서 얼마 주고 샀는지는 가물가물해도 얘를 왜 샀는지, 어떤 점에 현혹되어 구매한 것인지는 또렷이 기억난다. 나에게 인형과 장난감은 구매할 때부터 '너를 가져야만 하는 분명한 이유'가 있었던 아이들이고, 하나하나 합당한 이유와 사연이 있기 때문에 충분히 가치 있다. 그들도 내 손에 들어와 행복할 것이라 믿는다. 내가 좋고 상대방도 좋다면 된 거 아니겠는가.

인형방 사진을 보면 다들 묻는 것이 있다.

"다 합치면 몇 개야? 다 해서 얼마야?"

모른다. 알 수 없다. 딱히 계산하고 싶지도 않다.

물론 살 때는 나름 합리적인 머릿속 계산기를 두드리며 구매한다. 내 계산식은, 한 번 쳐다볼 때 100원, 한 번 안을 때 1,000원. 내가 최소 이 정도 비용을 지불할 의사가 있다는 뜻이다. 다른 사람들의 의사나, 시장가격은 전혀 고려하지 않는다. 내가 얘를 인형방에 두고, 두고두고 바라보고 두

고두고 안아볼 건데, 이 가격이 과연 합리적인 걸
까? 생각하는 것이다.

대체로 내 계산식을 도입하면 모든 인형은 살
가치가 있다. 결국 답정너에 가까운 산식인데 나
자신을 '무식한 인형 수집광'으로 분류하지 않으
려는 발버둥에 가깝다.

인형 가격은 희귀성, 디테일, 재질, 캐릭터 라
이선스 등에 따라 천차만별인데 보통 손에 쥘 정
도로 작은 인형은 1만 원에서 2만 원 선, 품에 안
을 정도로 큰 인형은 3만 원에서 5만 원 선이다.
인형은 드글드글 모여 있을수록 귀여워서 나는
꼭 색깔별 혹은 종류별로 모아 전시하곤 하는데,
이렇게 전시해두면 한 번 쳐다볼 때 100원 이상
의 시너지를 발휘한다.

대략 50만 원어치 12개의 인형이 내 눈앞에
있다고 한다면, 일단 한 번 쳐다볼 때 100원의 가
치가 있으니 이 친구들을 한 번 볼 때 1,200원의
가치가 발생한다. 여기에 함께 몰려 있으니 (내 맘
대로) 시너지 점수 300원이 더해진다. 이렇게 1년
동안 매일 보면 50만 원 이상의 가치가 창출된다.
게다가 출근하기 전 한 번, 자기 전에 한 번 인형

살짜쿵 인형

들을 꼭 둘러보고 있으니 매일 최소 두 번의 가치 창출이 발생된다. 거실에 있는 아이들은 계속 눈길 닿는 곳에 있기 때문에 그 횟수가 높다.

또 하나 자주 듣는 질문이 있다.

"이 중에서 제일 비싼 건 뭐야?"

나는 인형을 좋아하지만, 마음속 가이드라인이 있다. 단일 제품 기준 10만 원 미만. 모두 나에게 큰 가치를 주는 제품이라 내 마법의 계산식으로는 못 살 게 없을 것 같지만, 나의 구매는 10만 원까지라는 기준을 잡아두었다. 10년간 여러 인형샵을 다니며 자연스럽게 생긴 기준이다.

그리하여 내 수집품 중 단일 제품 기준 가장 비싼 건 10만 원 수준이다. 글을 쓰고 있는 현재 기준 2가지 제품이 있는데, 하나는 어릴 적 보았던 마법소녀물의 마법봉 장난감이고, 하나는 몇 년 전 미국 디즈니랜드에서 사 온 인어공주 피규어 제품이다.

마법봉 장난감은 수집 초기에 구입해서 뭣도 모르고 비싸게 구입한 제품이지만 기능이 어마어마해서 대만족 중이다. 만화 속에서 주인공은 카드를 수집하는데, 세트인 카드에 마법봉을 두드리면 주인공의 목소리가 나온다. 만화를 본 사람이라면 감탄을 할 수밖에 없는 기능이다. 사실 10만 원이나 할 정도의 기능도 아니고, 지금 다시 구한다면 훨씬 저렴하게 살 수 있겠지만, 이 장난감을 발견하고 기뻐했던 그날이 떠올라서 볼 때마다 흐뭇하다. 집에 놀러 온 친구들에게 보여주면 가장 반응이 좋은 장난감이기도 하다.

인어공주 피규어는 네모난 케이스 속에 인어공주 애리얼과 에릭 왕자가 들어 있는 제품이다. 매장 진열대에서 본 순간, 첫눈에 반해 구입했더랬다. 정교함도 대단하지만, 버튼을 누르면 조명이 켜져서, 영화 속 장면이 그대로 연출된다는 점이 엄청나다. 무겁고 비싸지만 한 번도 구입을 후회한 적이 없다. 그저 건전지를 갈면 되는데도 처음 봤을 때의 상태 그대로 보관하고 싶어서 아껴아껴 아주 가끔 조명을 켜본다. 한 번 볼 때마다 만 원씩 내야 할 것 같은 대단한 만족감이 든다.


결국, 내 수집품의 가치를 숫자로 매기는 것은 그다지 의미 없는 일이다. 그저 내가 구매한 걸 보

살짜쿵 인형

면서 "이런 걸 왜 사?", "이거 살 돈으로 집을 샀겠다"라고 말하는 사람들의 말을 듣고, 정량적으로 가치를 계산해 보고 싶었을 뿐이다. 혹여나 주변에 무언가 사 모으기 좋아하는 사람이 있다면, 그에게 제품의 금전적 가치를 묻지 말자. 존재만으로 나를 행복하게 만드는 물건이 있는 것만으로도 그 사람은 자신이 행복해지는 방법을 잘 알고 있는 사람이다. 그러니 그 가치를 숫자로 계산할 수는, 평가할 수는 없다.

수집쟁이들이 스스로에게 주의를 줘야 할 타이밍은 바로 '남에게 보여주기 위한 구매'라고 느껴질 때다. 각자 물건을 수집하는 계기와 이유는 다르겠지만, 적어도 나처럼 자신을 위로하기 위해 수집을 시작했다면 그에 충실해야 한다. 나를 위한 취미는 오롯이, 온전히 나를 위한 것이어야 한다. 물론 날 위해 수집한 인형이 누군가에게도 행복을 준다면 그것만큼 가치 있는 일도 없겠지만, 나 자신보다 타인의 시선을 의식해 남의 기준에 따라 구입한 것은 결국 내 인형방에서도 외면받을 수밖에 없다. 잊지 말자, 언제나 나는 나를 가장 위해야 한다. 내 인형의 가치는 '내가 좋아하는 인형을 내 손에 쥐었을 때, 내 공간에 두고 바라보았을 때' 발현되는 것이다. 그 가치의 값이 백원이든, 십만 원이든.

# 인형 사러 비행기 타고 올게

　우리나라에도 귀여운 캐릭터와 인형들이 참 많지만, 이 넓은 세상에는 귀여운 캐릭터가 더 많다. 어딜 가든 인형 코너를 찾던 나는 해외여행을 나가서도 인형 쇼핑을 멈추지 않았다. 처음에는 여행 가서 기념품 코너를 남들보다 조금 더 열정적으로 보는 정도였지만, 점점 '인형 쇼핑을 위한 여행'을 계획하게 되었다.

　가장 만만한 건 일본이었다. 우리나라에서 가장 쉽게 갈 수 있으면서 한국에 없는 캐릭터 굿즈가 가득한 곳. 그나마 다행이라면 나의 취향은 아주 대중적이어서, 일본에서 내가 원하는 캐릭터 인형을 찾는 건 그리 어려운 일이 아니었다. 그래서 더 문제였다. 눈에 보이는, 손에 집히는 모든 인형이 내 취향이었다. 나의 덕질 메이트였던 언니와 함께 여행을 가면 욕망이 더욱 증폭되어서 자제하지 못하고 인형 쇼핑을 해댔다. 인형 쇼핑이 주목적인 여행이 이어지자 우리는 좀 더 본격적으로 쇼핑 전투 태세를 갖추었다. 한국에서 나갈 때의 짐은 최소화하고 캐리어는 오로지 쇼핑 템으로만 가득 채운다. 온종일 쇼핑하며 짐을 들고 다니기 어려우니, 빈 캐리어를 끌고 쇼핑센터에 가서 사는 족족 캐리어에 담았다. 심지어 현지에서 귀여운 캐릭터 캐리어를 하나 더 구입해서 캐리어 두 개를 양손에 끌고 입국하기도 했다.

여행에 재미를 붙이자 용기를 내어 유럽 대륙까지 진출했다. 물론 처음으로 유럽 여행을 가는 것이니 각국의 랜드마크는 꼭 들러야 했다. 그러면서도 틈틈이 토이 샵을 검색해서 최대한 많은 인형을 만나고자 했다. 가장 쉽게 만날 수 있는 디즈니스토어부터, 작고 귀여운 기념품 샵, 심지어는 뮤지엄에 딸린 샵에서 파는 인형과 마트에서 계산하기 직전에 진열되어 있는 과일 인형까지. 지나가다 귀여운 냄새가 조금이라도 가면 득달같이 달려들어서 인형 구경을 했다.

가장 기억에 남는 건 체코 여행이다. 동유럽에

살짜쿵 인형

는 아기자기한 목공예품이 많다. 나무를 깎아 만든 피노키오 인형이나, 소박하게 움직이며 소리를 내는 오르골들은 내 취향을 저격하기 충분했다. 자본주의 냄새 가득한 대형 샵도 좋지만 직접 깎아 만든 인형들을 파는 작은 샵들은 구경하는 내내 마음을 간지럽게 만들었다. 프라하는 어딘가 광화문 느낌이 나는 대도시였지만, 기차를 타고 이동한 체스키 크룸로프는 정말 작은 시골 마을이었다. 고요한 시골 정취를 느끼고 싶어서 들렀던 체스키 크룸로프에서는 잠시 나의 인형 욕심을 내려두고 마을 풍경을 감상할 생각이었다. 하지만 참새를 위한 방앗간은 어디에나 존재했다. 마을 구경을 다니다 발견한 작은 인형 가게. 유리창 너머 작고 귀여운 인형이 가득했지만 애석하게도 가게 문은 굳게 닫혀 있었다. 아쉬운 마음에 유리창 앞에서 한참 구경만 하다 발길을 돌린 우리는 멋진 풍경을 보면서도 그 인형들을 그리워했다. 다행히 다시 방문했을 때는 가게 문이 열려 있었고, 한 시간 넘게 인형 구경을 했다.

　　내가 좋아하는 유명 캐릭터 인형을 사는 것도 즐거운 일이지만, 여행을 다니며 알게 된 초면

인 캐릭터 인형을 사는 것도 꽤나 재밌다. 공장에서 일정하게 찍어낸 인형도 좋지만, 같은 디자인으로 기획되었음에도 제멋대로 만들어진, 어딘가 우습게 생긴 그런 인형들을 보면 눈에 아른거려서 데려오지 않을 수 없다. 첫눈에 반한다는 것이 이런 걸까. 처음엔 "너 진짜 웃기게 생겼다" 하고 비웃듯 지나가지만 다른 누굴 봐도 자꾸만 떠오르는 그 얼굴. 결국 슬쩍 한번 만져보다가 품에 안아보는데, 그렇게 안고 나면 결제를 할 수밖에 없다. "하여튼 진짜 웃겨, 하여튼 진짜 이상해"라고 말했다면 이미 사랑은 시작됐다. 완벽하게 아름다운 것보다는 어딘가 부족해 내가 챙겨줘야 할 것 같은, 그러면서도 내 뇌리에 강하게 남아 잊히지 않는 그런 것들에게 끌리는 본능이 있나 보다.

나에겐 취향이 비슷한 키덜트 친구들이 있다. 키덜트 유튜브를 운영하며 서로의 영상을 보다가, 댓글을 달다가, 같이 영화를 보자고 하면서 만나게 되었고 5년 가까이 인연을 이어오고 있다. 좋아하는 캐릭터 전시가 있으면 같이 보러 가는 사이에서 별다른 이유 없이 만나는 친구가 되고,

서로의 집에도 놀러 가는 돈독한 관계가 되었다.

우리에겐 공통의 버킷리스트가 있었다. 다 함께 모두가 좋아하는 테마파크에 놀러가는 것. 시국이 시국인지라 그저 홍대를 놀러 가는 것이 최선이었던 우리는 언젠가 떠날 여행을 항상 기다리고 있었다. 일상으로의 회복이 시작될 무렵, 여행 유튜버로 활동하고 있던 친구들이 '키덜트 여행'을 제안했다. 함께 도쿄에 가자는 제안이었다. 나는 복직 후 회사일과 육아를 병행하느라 지쳐있었고, 다른 한 친구는 막 이직을 한 상태였다. 다섯 명 중 누구도 여행을 떠나기 좋은 상황은 아니었지만 우리는 마음을 모았다. 조금 무리를 해서라도 이번 여행을 떠나야 한다고. 지금 가지 않으면 다시는 다 함께 갈 수 없을지도 모른다고. 조금은 무리하더라도 여행을 갈 수 있을 때 떠나야 한다고.

하루 종일 함께 먹고 논 적은 있지만 1박 이상의 여행은 함께한 적이 없었던 우리의 여행은 생각보다 더 순조롭지 않았다. 디즈니랜드를 갈지 디즈니씨를 갈지 상의하는 것부터(결국 둘 다 갔다), 입장권은 언제 구입할지, 디즈니랜드를 아침

일찍부터 갈지 오후 늦게 들어갈지, 놀이기구는 얼마나 탈 건지. 그 무엇 하나 의견이 한 번에 모인 적은 없지만 그사이 우리는 서로를 알게 됐다. 좋아하는 분야는 비슷하지만, 미세하게 다른 취향과 여행 스타일. 우리는 서로의 비슷한 점에 끌려 만났지만 사실은 다른 점이 훨씬 많다는 것을 새삼스레 깨달았다.

우당탕탕 얼레벌레 여행 날이 다가왔고, 여행 직전까지 나는 너무나 바빴다. 평소 분 단위까지 여행 계획을 짜던 사람이었는데 회사에서 격무에 시달리며 아무 계획도 세우지 못했다. 그건 친구들도 마찬가지였지만 여행 과정은 생각보다 순조로웠다. 비행기는 예상보다 1시간이나 일찍 도착했고, 디즈니랜드까지 한 번에 가는 버스가 타이밍 좋게 곧바로 왔다. 첫날부터 비가 오긴 했지만 덕분에 포토존에 사람이 없어 전세 낸 듯 사진을 찍으며 놀 수 있었다. 여행 준비할 땐 삐거덕거렸지만 정작 여행을 오니 약간의 문제들도 별것 아닌 듯 느껴졌다.

나는 디즈니랜드를 꽤나 여러 번 방문했다. 이전에는 언니 혹은 남편, 내 취향에 모두 맞춰주는 가족과 방문했다. 그저 내가 조사한 대로, 내가 원하는 것을 보는 시간이었다.

그러나 이번 디즈니랜드는 달랐다. 다섯 명의 키덜트가 묘하게 다른 취향을 가지고 있었다. 디즈니랜드에는 캐릭터 그리팅 프로그램이 있다. 캐릭터와 직접 만나 짧게 대화도 나누고 사진도 찍을 수 있는 코너인데, 실은 분장 혹은 인형탈을 쓴 캐릭터를 만나는 시간이다. 평소에는 관심도 없었던 프로그램이지만 친구가 꼭 해보고 싶다고 해서 함께 줄을 섰다. 캐릭터 그리팅을 한 번 겪어본 나는 캐릭터 그리팅 프로그램만 찾아다녔다. 영화 속에서 보던 캐릭터를 마주하고, 손바닥을 맞잡고, 함께 웃으며 대화하는 것이 어떤 재미인지 알게 되었다.

퍼레이드를 볼 때는 다 함께 몸을 흔들어 재꼈다. 원래의 나라면 영상에 담느라 정신이 팔렸을 텐데, 흥 많은 친구들 덕에 나까지 흥이 올라 열심히 즉석 군무를 추었다. 축제의 현장을 온전히 즐기는 즐거움을 알게 되었다. 오로지 '나'의 취향에 맞춘 여행도 좋았지만, 친구의 취향에 맞춰 평소 볼 수 없었던 '새로운 나'를 마주하는 여행은 또 다른 재미가 있었다.

　우리의 취향이 이렇게나 잘 맞는구나 느낀 순간도 있다. 디즈니씨를 대표하는 '빌리브'라는 공연은, 디즈니의 여러 작품을 매쉬업해서 배우들의 연기를 미디어파사드 영상과 함께 보여준다. 그 속에는 '우리의 꿈은 계속해서 연결된다', '힘든 순간에도 우리는 함께함으로써 극복할 수 있다'는 메시지가 담겨 있다. 영화마다 가장 극적이었던 장면들이 지나가고, 역경을 이겨내는 과정을 압축적으로 보여준다. 비록 우리가 공연을 관람한 자리는 한참 뒤편이었지만 나는 그 공연의 감동을 온전히 느낄 수 있었다. 혼자 조용히 눈물 흘리며 공연에 집중하고 있는데, 친구가 조용히 내 어깨를 감싸 안았다. 친구 얼굴을 보니 나와 같은 얼굴로 눈물을 글썽이고 있었다. 우리는 같은 마음이었다.

　공통으로 좋아하는 캐릭터와 좋아하는 분위기가 있다는 것만으로도 우리는 많은 것을 나눌 수 있다. 한 공간에 있는 너와 내가 같은 감정을 느낀다는 확신은 생각보다 큰 행복이었다. 마치

　　　　　　　　　　살짜쿵 인형

영화 <인사이드 아웃>처럼 우리의 마음속에는 무수한 감정들이 있고, 작은 순간의 기억이 '핵심 기억'이 되어 나의 자아를 형성한다. 이번 여행으로 나의 마음에도 '우정섬'이 생겨났고, 그 섬에는 친구들과 여행하며 느꼈던 작은 행복의 구슬들이 가득 채워져 있다.

취향이 비슷한 이들과의 여행은 묘하게 다른 취향의 차이를 발견하는 데 의미가 있었다. 세상에 취향이 완전히 같은 사람은 없다. 한 공간에서 같은 감정을 느끼며 위안을 얻으면서도, 나와 다른 취향을 마주하고 새로운 관점을 쌓아가는 것. 평소의 나와는 다른, 친구의 시선에서 무언가의 매력을 찾는 재미. 나의 취향에 온전히 집중하는 것이 이 취미의 장점이지만, 비슷한 취향을 가진 친구들이 가진 다른 관점을 받아들임으로써 더욱 풍성해지는 나의 세계를 즐길 수 있는 '취향의 공유' 역시 매력적이다. 나의 세계를 더욱 다채롭게 채워주는 이들과의 여행은 얼마나 아름다운가.

# 신혼집에 인형방을 만들다

　나의 인형 수집은 10년 전 이모 집에서 하숙하던 작은 방에서 시작됐다. 인형이 쌓이고 쌓여, 결국 몇몇은 이불 포장용 비닐에 보관할 지경이 되었다. 다행히 그 타이밍에 결혼을 했다. 우리는 이모 집과 같은 라인의 아파트에 월세를 얻어 엘리베이터로 이사를 했다. 은행의 도움을 받긴 했지만, 그래도 나름 방 3개짜리 집을 구하게 됐다. 안방 하나, 컴퓨터방 하나. 그럼 방 하나가 남는데? 자연스럽게 남는 방은 내 인형들의 차지가 되었다. 여기저기 쫓겨났던 인형들이 한 방에 모여 진정한 가치를 발휘하게 되었다. 이제야 비로소 진정한 인형방이 탄생한 것이다. 육중한 내 몸을 고귀한 인형 사이에 비집어 넣을 필요 없는, 오로지 인형만을 위한 공간.

　남편과는 연애를 꽤 오래 했고, 남편도 내 취

미 수준을 아주 잘 알고 있어서 자연스럽게 인형 방을 획득할 수 있었다. 심지어 남편은 내 취미에 동화되어 주었다. 내가 좋아하는 캐릭터 샵에 가면 진지하게 어떤 인형이 더 귀여운지, 소장 가치가 있는지, 안김성이 좋은지 판단해주었다. (물론 고민하다가 둘 다 사는 경우가 많았지만…) 때로는 내가 안 산다고 내버려 둔 인형을 본인이 사기도 하고, 나도 모르는 사이 소박하게 수집을 하고 있기도 했다. 물론 나만큼 집착을 하거나, 진득하게 좋아하지는 않아서 남편의 수집품은 자연스레 나의 것이 되었다.

내 취미의 정도를 제대로 인지하지 못했던 엄마 아빠는, 내 신혼집에 와서 잔소리를 참지 못했다. 엄마 아빠의 잔소리에 나는 "어릴 때 엄마 아빠가 인형 많이 안 사줘서 지금 이렇게 된 거 잖아. 받아들여."라고 뻔뻔스레 말했다. 물론 부모님이 어린 시절, 인형보다 책을 사 주셨고 덕분에 인형에 대한 갈급함이 생긴 것도 사실이지만, 부모님 때문에 이 지경(?)이 된 건 아닌데. 한 번에 잔소리를 차단할 방법은 이것밖에 없었다.

시부모님의 반응도 크게 다르지 않았다. 여기

서도 나는 뻔뻔스레 대답했다. "이 방에 있는 인형 중 3분의 1은 오빠 거예요. 저만큼 남편도 인형 좋아하거든요." 자신의 아들이 이런 귀여운 취미를 갖고 있었다니. 시부모님은 깜짝 놀라며 더이상 말을 얹지 못했다. 그렇게 궁색한 변명과 함께 나의 인형방은 신혼집에 무사히 자리 잡게 되었다.

인형방을 만들고 가장 뿌듯할 때는, 집에 놀러 온 손님들이 격한 반응을 하며 사진을 찍는 순간이다. 내 인형방을 처음으로 방문한 건 회사 동기들이었다. 내 취미를 익히 알고 있고, 같이 여행 가서 나의 인형 쇼핑 장면을 목도한 친구들이었지만 이 정도일 줄은 몰랐다고 했다. 친구들은 한참 방에서 기념 사진을 남겼고, 한 친구가 '유니버설스튜디오 코리아'라고 멘트를 붙여서 SNS에 올리자, 이게 어디냐고 묻는 지인까지 등장했다. 우리는 그렇게 사진을 찍고, 댓글을 보며 깔깔 웃었다. 나를 위로하기 위해서 시작했던 취미가 친구들에게 즐거움을 주고, 재밌는 추억이 되다니. 그렇게 나의 수집은, 점점 많은 의미를 갖게 되었다.

　　　　　　　　　　　　　　살짜쿵 인형

두 번째 신혼집은 신축 아파트였다. 평수는 그대로였지만 이전 집보다 공간이 효율적으로 설계되어 있었다. 인형방을 갖게 되면서 점차 커진 욕심은, 인형방 밖까지 확장되었다. 내가 가장 좋아하는 '토이스토리' 장식장을 부엌에 두어 밥을 먹으면서도 볼 수 있도록 했다. 또 내가 가장 아끼는 '케어베어' 장식장은 거실 TV 옆에 두어 하루 중 가장 많은 시간을 함께할 수 있도록 했다.

이전에는 행복을 느끼려면 인형방에 들어가야 했는데, 이제는 현관문만 밀고 들어오면 인형들과 아이컨택을 할 수 있다. 심지어는 TV를 보다가도, 밥을 먹다가도 인형들을 바라볼 수 있다. 그야말로 인형으로 둘러싸인 집이다. (안방은 남편이 끝끝내 사수하여 작은 장식장 하나로 마무리 되었다.)

오로지 나를 위한 인형이 가득했던 집에 아이가 생겼다. 신생아를 인형방에 둘 순 없으니, 처음엔 거실에서 아기를 돌봤다. 인형에게 순위가 밀린 아기 취급을 할 순 없어서, 결국에는 인형방을 정비했다. 쌓인 짐과 먼지들을 치우고, 바닥에 매트를 깔아 아기를 재우기 시작했다. 아기에게 위험 요소가 될 수 있는 피규어는 위 칸으로 옮기고,

대형 인형들을 울타리처럼 둘러주어 안전함을 더했다. 아이의 기관지가 걱정되니 방에는 24시간 공기청정기를 가동했고, 환기도 부지런히 했다. 아기가 놀 때, 잠잘 때, 울 때. 매 순간순간 수많은 인형들이 지켜주었다. 그렇게 나의 인형방은 아기방을 겸하게 되었다.

세 번째 신혼집은 평수를 넓혔다. 방은 그대로 3개였지만, 구조를 이리저리 짜보니 인형방과 아기방을 분리할 수 있게 되었다. 물론 아기방에도 인형 장식장이 하나 들어가고, 아기의 침대 안에도 나의 커다란 인형들이 존재감을 뽐낸다. 거실에는 전보다 빼곡해진 토이스토리 장식장이 들어갔고, 부엌에도 새로운 장식장을 짜 넣었다. 인형방은 이전 집보다 규모가 커져서 좀 더 많은 인형을 수용할 수 있게 되었다.

파워내향인인 우리 가족에게 집은 그 어디보다 편안하고 행복한 공간이다. 회사에서 일하면서도 '집에 무수한 인형들이 절 기다리고 있어요. 집에 보내주세요'라고 말하고 싶을 정도로, 언제나 집이 그립다. 현관문을 열고 들어오면 곧장 눈

살짜쿵 인형

에 들어오는 인형방이 내게 '오늘 수고했어. 오늘의 수고로움은 이제 끝이야'라고 말해주는 듯하다. 집 안 어딜 가도 눈에 걸리는 귀여운 존재들은 나를 우울할 틈 없게 만들어준다. 물론 틈틈이 우울감이 몰려올 때도 있지만, 근심 없이 맹하게 웃고 있는 그들의 표정을 보며 금세 행복감을 되찾는다.

귀여운 것을 수집하는 키덜트는 구입, 진열, 플레이로 그 유형이 나뉜다. 구입에 집중하는 유형은 '사는 것'만으로도 만족하고, 구매한 뒤에는 박스에 넣어만 두기도 한다. 나는 진열에 집중하는 유형인데, 절대 박스 안에 남겨진 인형이 있어선 안 된다. 어디에 낑기든, 내 눈 앞에 보여야 한다. 색깔별로 진열하든, 캐릭터별로 진열하든 내 시야에 있어야 의미가 있다. 마지막으로 플레이에 집중하는 유형은, 진열만 해두는 것이 아니라 실제로 데리고 다니거나 가지고 놀면서 의미를 찾는다. 모두 각기 다른 성향이니 존중해야 마땅한 영역이다. '진열파'인 나는 필연적으로 공간 부족 현상을 겪을 수밖에 없다. 인형을 모으다 보면 자꾸만 욕심이 커지고, 귀여운 건 다다익선이기 때문에 결론적으로 더 많은 공간을 필요로 하게 된다. 그렇게 나의 인형방은 매번 팽창하고 있다. 나는 이것을 '행복의 일상이 보다 손쉽게 느껴질 수 있도록 확장하는 과정'이라고 합리화하고 있다.

아기가 자라면서 아기를 위해 몇 번이고 인형 배치가 바뀌겠지만, 내 인형들을 전부 처분할 일은 없을 것이라 다짐한다. 이 아이들은 엄마의 행복이고, 자존감을 지키려는 노력의 현신이자, 엄마가 자신을 사랑한다는 증거거든. 그리고 아이가 태어났을 때부터 함께했고, 아이의 성장을 함께할 친구들이기도 하다. 항상 곁을 지켜줄 친구들이 되어줄 작은 존재들. 나의 인형방은 나와 아이 모두의 성장을 기록하면서도, 우리네 삶의 행복과 만족감을 눈으로 느낄 수 있는 공간이 될 것이다.

살짜쿵 인형

# 맥시멀리스트가 본
# 미니멀리스트

내가 인형 수집광이 된 데는 언니의 영향이 크다. 언니는 나보다 먼저 인형 수집을 시작했다. 언니는 10평 남짓의 월세방을 아기자기 귀엽게 꾸몄다. 하얀색 작은 장식장에 인형과 피규어를 색깔별로 진열했다. 동생들은 언니가 하는 것이라면 뭐든 멋지고 예뻐 보여서 따라 하고 싶어하는 본능이 있다. 그 이후 나는 하숙방 책장에 인형을 조금씩 사 모으기 시작했고, 지금의 인형방에 이르렀다.

언니는 나만큼 대단한 맥시멀리스트였다. 언니는 부피가 큰 인형보다는 적당한 크기의 인형이나 피규어를 좋아했다. 유리 장식장에 손톱보다 작은 인형, 피규어를 진열하기도 했다. 언니가 미니멀리스트가 된 것은 결혼하고 나서부터였다. 한 사람이 살던 집에 두 사람의 짐이 들어가려니 무언가는 정리가 되어야만 했다. 때마침 미니멀 라이프와 관련된 책을 보면서 언니는 미니멀리스트로 전향했다. 언니는 수집 취미를 접고 나를 비롯한 주변 사람들에게 수집품을 아낌없이 나누어 주었다.

처음에는 그저 좋았다. 항상 탐내던 언니의 수집품이 다 내 것이 되었으니. 나 역시 언니와 비슷한 시기에 결혼했는데, 나는 인형방을 만들었고, 전보다 훨씬 여유로워진 공간에 나의 수집품, 언니의 수집품이 가득 들어섰다. 더욱 풍성해진 수집품에 맥시멀리스트의 마음은 풍요로워졌다. 언니와 여행을 갈 때도 좋았다. 나의 열띤 인형 쇼핑에 캐리어가 터질 듯 가득 차면, 언니는 언제나 자신의 캐리어를 내어주었다. 자신의 캐리어는 텅텅 비어 있으니, 언니의 캐리어도 내 공간이라 생각하고 마음껏 쓰라고. 언니는 자신의 캐리어를 빌려주고, 우리 집에 들러 내 짐을 모두 돌려준 뒤 집으로 돌아갔다. 덕분에 나는 마음껏, 더욱 맥시멀하게 수집을 할 수 있었다.

2개의 캐리어를 마음껏 채울 수 있다는 것은 아주 신나는 일이지만, 탈덕한 머글과 한창 덕질

중인 덕후의 온도 차가 때때로 외로울 때가 있다. 언니도 나만큼 수집을 열심히 했던 사람이기에 살까 말까 이걸 살까 저걸 살까 고민 중인 내게 도움이 되는 쇼핑 조언을 해주긴 하지만, 전처럼 함께 인형을 사기 위해 샵을 찾아다니는 열정은 없기에, 혼자만의 열정이 쓸쓸하게 느껴질 때가 있는 것이다.

그럼에도 언니의 미니멀라이프를 지지한다. 미니멀라이프는 단순한 삶을 지향한다. '불필요'한 물건이 줄어들면 불필요한 일도 줄어들고 불필요한 생각도 줄어 내게 가장 중요한 가치만 오롯이 남게 된다. 미니멀라이프의 핵심은 나에게 집중하는 것이다. 남이 가진 것과 내가 가진 것을 비교하지 않고, 본인이 가진 것에 온전히 만족한다. 가진 물건의 가짓수가 적다면, 신경 쓰거나 정리할 거리가 줄어들어 생활이 단순해진다. 이로 인해 마음과 생각도 깔끔하게 정리되어 자신에게 집중할 수 있는, 풍요로운 삶이 되는 것이다.

그렇다면 나의 수집품은 모두 불필요한 것들에 불과한 것일까? 나는 소비와 향유의 방식에 따라 각자 삶의 형태가 결정된다고 생각한다. 언니는 자신에게 큰 효용을 주지 않는 물건을 정리하고, 소유물의 가짓수를 줄임으로써 자신에게 집중할 수 있는 환경을 만들었다. 반면 나는 나에게 행복을 줄 수 있는 물건을 선택했다. 인형을 수집하고 진열하는 행위가 내게 주는 가치가 크고, 인형을 안아주고 정리하면서 내 마음도 함께 정리할 수 있다. 인형의 눈을 바라보면서 내 마음을 들여다본다. 내가 오늘 느낀 어떤 부정적인 감정들이 내게 얼마나 의미 없는 것들이었는지, 나의 행복은 어디에 있는지 새삼스레 깨닫는 시간을 가진다. 나도 언젠가 미니멀리스트가 될 수도 있겠지만 지금의 나는 맥시멀리스트가 어울린다. 자신의 공간에 자신만이 남아 스스로에게 집중할 수 있는 사람과, 내가 아닌 다른 존재와 함께 감정을 나누면서 마음을 정리할 수 있는 사람. 미니멀리스트와 맥시멀리스트의 차이는 이런 것이다.

살짜쿵 인형

# 일상의 모든 순간이
# 귀엽도록

　특정 캐릭터에 빠져서 '덕질'을 하다 보면, 인형, 피규어 외의 생필품까지 캐릭터 굿즈로 채우게 된다. 캐릭터 굿즈의 장점은 다음과 같다.

　첫 번째, 원작과의 높은 싱크로율. 인형과 피규어만이 가진 매력이 있긴 하지만, 캐릭터를 입체 형태로 구현하다 보면 어쩔 수 없이 싱크로율이 떨어지는 경우가 많다. 내가 좋아하는 캐릭터는 대부분 2D 애니메이션이 원작인데, 3D 형태의 피규어로 나오면 내가 생각한 모습이 아니라 실망하기도 한다. 봉제 인형의 싱크로율은 더욱 낮을 수밖에 없다. 그런 의미에서 캐릭터 생활용품은 대부분 인쇄 방식이기 때문에 캐릭터 원형을 그대로 유지하고 있다.

　두 번째, 실용적인 제품을 구입했다는 명분.

귀엽게 생겼는데 쓸모도 있다니. 인형과 피규어를 구매하다 보면 '예쁜 쓰레기 수집가'라는 잔소리를 피할 수 없다. 그런데 캐릭터 굿즈는 예쁜 쓰레기라는 오명을 쓰지 않을 수 있다. 실제로 얼마나 사용하느냐는 중요하지 않다. 꽤나 쓸모 있는 물건을 샀다는 그 명분이 중요하다.

세 번째, 합리적인 가격의 캐릭터 굿즈라는 점. 디테일이 훌륭한 피규어의 경우 큰맘 먹고 구입해야 하는 가격대라, 아무리 덕후라도 고민할 수밖에 없다. 하지만 생활용품은 기본적으로 가격대가 저렴하다. 캐릭터 스티커 하나 붙였다고 가격이 이리 높아지다니. 잠시 배신감을 느끼다가도 피규어에 비하면 매우 싼 가격이고 어차피 사야 할 생필품, 내가 좋아하는 캐릭터로 사면 얼마나 좋은가, 합리화하면서 구입하는 것이다. 너만 있다면 무엇이든 사겠다는 굳은 의지.

그러다 보니 나의 생필품은 대부분 귀여운 캐릭터로 이뤄져 있다. 가방, 신발, 양말, 베개, 카드지갑, 머리 끈, 머리빗, 파우치, 폰 케이스, 우산, 노트, 볼펜, 접시, 수저, 컵, 반찬 통, 티슈 케이스… 기업들의 상술에 언제나 기다렸다는 듯이 넘어가

살짜쿵 인형

좋아하는 캐릭터로 나온 제품은 모조리 사는 인간이 여기 있다.

　나의 모든 소지품이 캐릭터 굿즈라, 주변인들은 내게 이런 말을 건넨다. "지 같은 거 들고 다니네", "넌 일상이 전부 귀여운 것으로 가득하구나" 이 두 문장이 나의 키덜트 인생을 요약하는 말이 아닐까 싶다. 내가 가지고 다니는 물건이 나를 정의한다. 나의 취향, 나의 선호를 통해 나라는 사람을 보여주는 것이다. 그러다 보면 나와 비슷한 취향의 사람을 발견하기도 하고, 상대방과 대화 소재를 하나라도 더 만들게 되기도 한다.

　일상이 귀여운 것으로 가득하다는 것은, 손쉽게 행복해질 수 있다는 의미이기도 하다. 내 일상은 무수한 순간들로 이뤄져 있다. 〈토이스토리〉 알린이 그려진 베개를 베고 자다가, 〈엘리멘탈〉 웨이드 배경화면의 스마트폰 화면을 보고 일어나, 세수하고 케어베어 수건으로 얼굴을 닦고, 시나모롤 발매트에 발도 닦는다. 우디 칫솔로 양치를 하고, 데이지덕이 그려진 화장품으로 얼굴을 색칠한다. 포테이토 헤드가 그려진 맨투맨에, 빨강머리 앤이 그려진 양말을 신고, 피카츄 신발을 신는다. 키키라라 카드 지갑을 챙겨 들고, 몰랑이 키링이 달린 가방을 든다. 가방 안에는 토이스토리 우산과 치이카와 티슈도 있다. 회사에 도착하면 최고심 스티커가 붙어 있는 노트북을 켜고, 미니언으로 가득한 배경화면 속에서 작업해야 할 파일을 찾는다. 나의 모든 사소한 순간에 귀여운 것들이 가득하다. '나다운 물건'들로 채워진 나의 일상. 무채색의 그저 그런 물건이었다면 내게 아무 의미도 없었을 것들이, 캐릭터가 그려져 있다는 이유 하나만으로 의미를 더한다. 내 일상을 다채롭게 만든다.

살짜쿵 인형

# 수집 본능,
# 나만을 위한 위대한 스토리

　나의 인형 컬렉션을 보면 기겁하는 사람이 많지만, 사실 수집은 인간의 본능이라고 생각한다.

　'호모 콜렉투스' 인간은 수집하는 동물이다. 인류의 역사에는 의도를 가지고 비슷한 물건들을 한곳에 모아 놓은 사례가 많다. 하물며 인류가 아닌 동물 중에서도 새틴바우어 새나 까마귀는 분명한 목적을 가지고 특징이 있는 물건을 모으니, 자고로 수집이란 '의지'를 가진 동물들의 본능 아니겠는가.

　'수집'이라는 취미는 얼마나 위대한가. 고대 아시리아의 마지막 왕은, 책을 광적으로 수집했고 이는 훗날 도서관의 형태가 된다. 17세기 유럽 귀족들 사이에서 유행했던, 진귀한 물건을 한데 모았던 '호기심의 방'은 훗날 박물관의 원형이 된다.* 누군가가 광적인 집착을 가지고 모은 무언가는 대단한 역사의 한 조각이 되기도 하고, 생각 없이 모은 사소한 물건도 시간이 지나 천문학적인 가치를 가지는 귀중품이 되기도 한다. 수집은 한 개인에게 의미를 가지기도 하지만 (과장을 더해) 인류에게 역사적 가치를 더하는 위대한 행위다.

물건을 수집하는 것은, 물건이 가진 특성과는 반대로 보이지도 잡히지도 않는 무형의 무언가를 모으는 행위에 가깝다. 물건 자체가 의미를 가지기도 하지만 결국 물건에 의미를 부여하는 것은 수집가의 '의지'다. 물건에 담긴 역사적 가치뿐 아니라 개인적인 기억과 경험이 물건에 깃들면 그것은 소중한 수집품이 된다. 수집가는 물건을 모으는 사람이라기보다는, 수집품에 의미를 부여하고 스토리를 만드는 사람이다.

어떠한 고난도 나를 성장시키는 기회라고 생각하는 '회복탄력성'이 높은 사람들 중에는 '스토리텔링'을 잘하는 사람이 많다. 모든 경험은 나에

---

* "지식채널e: 호모콜렉투스", EBS, 2022. 07. 07.

　　　　　　　　　　　　　　　살짜쿵 인형

게 도움이 된다고 믿는 '행복회로'는 실제로 그 사람을 단단하게, 행복하게 만든다. 나의 모든 작은 경험을 긍정적으로 해석하는 습관은 회복탄력성을 높여준다. 그렇기에 수집은 참으로 건강한 취미다. 작은 물건에도 나를 위한 의미를 부여하고, 나만의 스토리를 만들어내는 습관. 그것은 아무리 힘든 상황에 닥쳐도 나를 구출해낸다. "아침의 출근은 고통스럽지만, 오늘 퇴근하고 나면 그저께 주문한 귀여운 인형이 도착해 있을 거야", "멀리까지 외근 나와서 아무 소득도 없이 미팅에서 잔뜩 깨지기만 했지만, 집에 돌아가는 길에 귀여운 장난감을 발견했어. 이러려고 그 고생을 했나봐" 참 별것 아닌 것에서 나를 위한 위대한 스토리를 만들어내는 일. 그것이 아무리 작은 것일지라도 그에 깃든 이야기는 수집가에게 위대한 것이다.

나는 끊임없이 수집한다. 내 취향의 귀여운 인형을 모으고, 그 인형을 촬영한 영상, 귀여운 것을 보러 간 순간을 기록한 영상을 꾸준히 만들어낸다. 손에 잡히는 인형과, 눈에 보이는 영상의 형태로 나의 행복한 순간을 계속해서 쌓아둔다. 언제든 내가 그 순간으로 돌아가고 싶을 때 곧장 갈 수 있도록. 내 행복으로 다다르는 손쉬운 지름길을 만든다.

나의 수집은 '결핍'에서 시작되었다고 생각한다. 나처럼 인형 수집을 하고 있는 친구들의 이야기를 들어보면 나와 비슷한 '결핍'에서 시작된 경우도 있지만, 어린 시절의 추억으로 수집하고 있는 친구들도 많다. 어릴 때 디즈니 만화동산을 자주 보았다거나, 우리와 비슷한 취향의 엄마가 디즈니랜드를 데려갔다거나, 바쁜 본인들 대신 인형을 잔뜩 사주었다든지. 각자의 이유로 무언가를 좋아하고, 수집하고 있었던 것이다.

수집을 한 번도 안 해본 사람이 있을까. 단추, 엽서, 영화포스터, 콜라병, 병뚜껑, 컵홀더. 지인들에게 내 인형방 사진을 보여주면 자신의 수집 목록을 수줍게 고백하는 이들이 많다. 나처럼 광적인 수준이 아니더라도 일상 속에서 본능적으로 수집의 즐거움을 느끼는 사람들이 많은 것을 보면, 좋아하는 것을 모으고 그것이 점차 많아지는 것을 보는 행위가 인간에게 주는 가치는 꽤나 분명하다.

　우리 집에는 수집품 같은 물건 외에도, 별것 아닌 물건들의 더미도 존재한다. 예를 들면 베란다 한 구석에 켜켜이 쌓여 있는, 도톰하고 예쁜 그림이 그려진 종이가방 같은. 언젠가는 쓸 것 같아서 모으고 있는데 실제로 '이 물건에 이 가방 딱이잖아!' 싶게 적절한 용도를 찾으면 그렇게 기쁠 수가 없다. 수집의 목적에 딱 맞는 그 순간을 만났을 때의 쾌감. 물론 기가 막히게 잘 맞는 몇 개의 가방을 빼고 대부분은 이사 갈 때쯤 왕창 버려지긴 하지만 하나의 꼭 맞는 가방을 위해 무수한 가방을 모으는 행위는 결코 무의미하지 않다.

　나의 인형 수집 과정도 '딱 맞는 종이가방 찾기'와 비슷하다. 무수한 인형 속에 내 마음에 쏙 드는 하나의 인형을 발견하기 위한 탐험의 시간. 지금의 나에겐 어떤 인형이 맞을까, 고민하며 온전히 나의 취향에 집중하는 순간. 그리하여 마침내 찾아낸 단 하나의 인형이 나의 컬렉션에 추가되고 나면, 그 인형은 나의 작은 행복이 된다. 수집은 결국 본능적으로 '나'의 행복을 위한 것이지만 거기에 여러 의미를 부여하면 그의 가치는 무한대로 확장된다. 내 행복의 작은 조각에서, 나의 삶을 단단하게 만드는 기둥이 되고, 끝내 나를 이루는 요소가 된다. 아무도 모르지, 훗날 내가 위인이 된다면 대단한 인형 수집광이었다고 역사에 기록될지도. 21세기 인형의 역사라며 대단한 역사의 한 조각이 될 수도. 작은 수집이 얼마나 위대한 역사가 될지는 아무도 모르는 일이다.

살짜쿵 인형

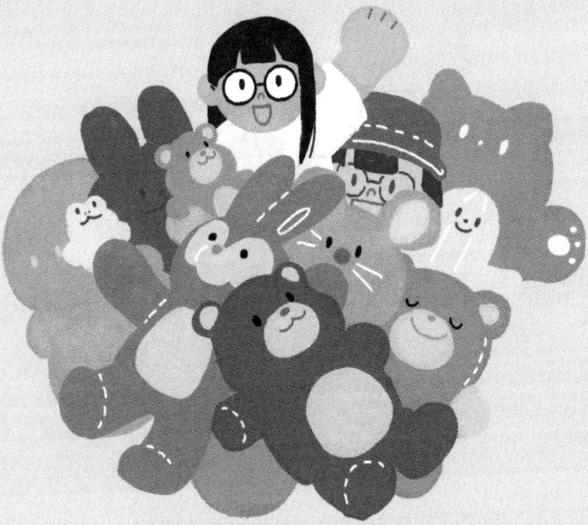

2장

# 인형 수집광이 키덜트 크리에이터가 되기까지

# 잘하는 게 없어도
# 유튜버가 될 수 있어요

"유튜버나 할까."

직장인이 가장 많이 하는 허언을 실천한 사람이 여기 있다. 나는 회사에서 디지털 마케터로 일하면서 무수한 유튜버들을 만났다. 그들과 만나며 자신이 잘하는 것을 가장 효율적인 방식으로 보여주는 것, 나만의 브랜드를 가지고 있다는 것에 대한 동경이 생겼다. 나의 채널에서 보여줄 수 있는 나의 능력은 뭘까. 내가 할 줄 아는 건 인형 사는 것밖에는 없는데. 돈만 있으면 누구나 살 수 있는 것 아닌가.

나의 유튜브 탄생설화는 참으로 별것 없다. 언제나 그렇듯 침대 위에서 뒹굴대던 토요일 아침의 일이다. 갑자기 유튜버가 되고 싶어졌다. 누군가에게 보여줄 정도로 특별히 잘하는 건 없지만, 나와 같은 취향을 가진 사람이라면 어딘가에 있지 않을까? 그냥 내 인형방에 있는 인형 몇 마리 모아서 보여주면, 이런 인형을 사고 싶었던 사람들이 열심히 봐주지 않을까?

첫 번째 콘텐츠 소재는 남편이 미국에서 사다준 케어베어 피규어 세트였다. 인형방 바닥에 피규어들을 주욱 늘어놓았다. 핸드폰을 주섬주섬 꺼내 촬영을 시작했다. 어디서 본 건 있어서 한 마리 한 마리 가까이 찍었다가, 전체가 보이게 멀리서 찍으면서 나름대로 각도를 잡아봤다. 영상도 많이 보고, 콘텐츠 기획도 많이 해봤지만 촬영부터 편집까지의 제작은 한 번도 해본 적이 없었다. 인터넷에서 '무료 영상 편집 프로그램'을 검색해서 나온 첫 번째 프로그램을 다운받아 얼레벌레 편집까지 했다.

그렇게 탄생한 나의 첫 영상. 어딜 내놔도 부끄러운 수준이다. '당신의 첫 번째 영상을 다시 보시오'라고 하면 대단한 마음의 준비를 해야 하지만, 사실 지금의 영상 수준도 크게 다르지 않아서 삭제는 하지 않고 그대로 두고 있다. 나름 5년 차 유튜버인데도 편집 실력이 왜 그 모양이냐고 묻는다면, 나는 그저 '취향 공유'를 위해 유튜브를 하기 때문이라고 답하겠다.

　나의 유튜브가 소위 '떡상'해서 회사에서의 노동보다 편하게 돈을 벌면 좋겠다만, 그것은 현실적으로 어려운 일이기에 기대를 하지 않는다. 내 유튜브는 이 세상 어딘가에 있는 나와 비슷한 취향의 동지들을 위해 존재한다. 당신과 비슷한 취향인 사람이 여기도 있어요, 나는 이런 인형을 가지고 있는데 어때요? 이 인형은 이런 매력을 가지고 있어요. 많은 이를 웃게 만들거나, 감동시킬 수 있는 '떡상' 콘텐츠는 아니지만, 적어도 한 명 이상은 내 영상을 보고 '이 인형 나도 갖고 싶다'고 생각해주면 좋겠다. 그렇기에 내 채널에는 대단한 예능감각도, 편집실력도 필요하지 않다. 그저 내 수집품이 잘 보이고, 내가 이 인형을 구매한 이유가 화면 밖 사람들에게도 공감이 되면 되는 것이다.

　어린 시절 나는 유난히 수줍음이 많은 아이였다. 사람들 앞에서 발표는커녕 인사를 하는 것마저도 어려워하는 아주 내성적인 아이. 어린 시절의 나를 아는 친구들은 내가 유튜버가 된 사실을

새삼 믿기 힘들어한다. 그나마 친한 친구들 사이
에서나 나대던 아이가, 이제는 불특정 다수 앞에
서 자기 이야기를 늘어놓고 있다. 내 주변의 유튜
버들을 보면 나처럼 내성적인 친구들이 많다. 우
리는 '사람들을 만나는 게 좋아서', '나를 뽐내고
싶어서' 유튜브를 하는 것이 아니다. 그저 어딘가
에 있을 '나와 같은 취향의 누군가'에게 공감과 정
보와 대리만족을 주고 싶은 것이다.

　　그저 '취향 공유'를 위해 시작한 유튜브. 그래
도 그렇지 조회수 두 자리는 너무하지 않나. 미약
한 조회수에 주눅이 드는 건 어쩔 수 없는 유튜버
의 숙명이다. 모든 유튜버가 처음에는 조회수 0에
서 시작한다지만, 나는 며칠째 한 자리 조회수에
서 벗어나지 못했다. 부끄러워서 남편에게도 보
여주지 못하다가, 며칠이 지난 후에 남편을 비롯
한 주변 사람들에게 조회수를 구걸하기 시작했
다. 취향이 아닌 친구들조차도 나의 애처로운 구
걸에 좋아요와 댓글로 온정을 베풀어주었다. 그
렇게 자체적인 홍보 활동으로 구독자와 조회수가
두 자리, 세 자릿수로 올랐다. 나는 구독자 100명

이 되기까지 한 달 넘게 걸렸다. 누구는 몇 달 만에 백만 구독자를 찍던데, 역시 나와 같은 취향의 사람은 많지 않은 걸까.

회사에서 나름대로 쌓은 노하우를 나의 채널에도 활용해보기로 했다. 회사 유튜브 채널은 몇 장짜리 기획서를 썼으면서 정작 자기 채널에는 아무런 전략이 없다니! 유튜브 채널의 기본이라 할 수 있는 업로드 요일과 시간을 정하고, 콘텐츠 유형도 다양화했다. 기존에는 수집품을 하나씩 보여주는 정도였다면, 나름 기획을 해서 수집품이나 신제품을 리뷰하기도 하고, 내가 자주 가는 소품샵을 소개하기도 했다. 그렇게 영상이 꾸준히 쌓이니 소위 '알고리즘의 축복'을 받게 되었다. 최근 개봉한 영화의 굿즈 리뷰 콘텐츠였다. 시의성이 잘 맞아떨어져, 내 채널 처음으로 만 단위의 조회수를 기록했다. 나의 콘텐츠는 영화를 재밌게 본 '머글'과 오래된 골수팬들이 모이는 만남의 장소가 되었다.

업로드한 지 몇 달 된 영상의 조회수가 갑자기 치솟은 적도 있다. 나의 유튜브 채널 개설 소식을 들은 후배가 다마고치 장난감을 선물로 주었다. 사실 그다지 내 취향은 아니었지만 리뷰는 성심성의껏 했다. 업로드 당시에는 나의 여느 영상처럼 그저 그런 조회수가 나왔는데, 몇 달 뒤 질문 댓글이 우수수 달리기 시작했다. 5월, 어린이날 시즌이었다. '왜 제 다마고치는 잠만 자요?', '이 친구가 삐쳐서 아무것도 안 하는데 어떻게 해야 하나요?' 어린이날 선물로 받은 자신의 다마고치가 이상증세(?)를 보이자 내 채널에 문의 댓글을 다는 것이다. 나는 이미 조카에게 다마고치를 물려주었는데. 기억을 더듬고, 공식홈페이지 설명서를 뒤져가며, 고객센터 직원이 된 듯 열심히 답변을 달았다. 질문 내용이 거기서 거기인지라, 비슷한 답글을 달다 지쳐 '고정댓글'로 달았음에도, 지금도 질문 댓글이 종종 달린다. 이 영상은 여전히 내 채널의 조회수 상위 콘텐츠이다.

결론적으로, 내 채널은 '실패'에 가깝다. 유튜브 채널을 평가하는 사이트에서 확인해보면 점수가 낮아서 볼 때마다 시무룩하다. 가끔 알고리즘의 축복을 받긴 하지만 소위 '대박', '떡상'까지는 가지 못하고 있다. 그럼에도 나는 꾸준히 영상을 올린다. 스스로에게 약속한 업로드 주기를 빠짐

살짜쿵 인형

없이 지키고 싶기 때문이다. 높은 조회수와 구독자 수, 어딜가나 나를 알아보고 동경의 눈빛으로 바라보는 '인플루언서의 삶'은 언제나 꿈꾸고 있다. 그래도 채널의 첫 시작이었던 '그저 내가 좋아하는 것을 공유'하는 목적에는 성공적으로 부합한 채널이라고 스스로 평가한다. 유행을 좇아 조회수가 잘 나오는 영상을 제작하는 것도 위대하고 훌륭한 일이지만, 나는 남들에게 보여주기 위한 수집은 하고 싶지 않다. 많은 사람들이 좋아하지 않아도, '내가 좋아하는' 캐릭터를 소개하면서, '나를 통해 좋아하게 되었다' 혹은 '나만 좋아하는 줄 알았는데, 비슷한 취향인 분을 만나서 반갑다'는 반응이면 충분하다.

취미 활동에는 여러 유형이 있다. 각자에게 어울리는, 잘 맞는 유형이 있지만, 내가 생각하는 취미의 기본 원칙은 하나다. 내가 스트레스 받지 않아야 한다는 것. 오로지 나를 위해 행하는 취미이거늘, 남들의 시선 때문에 내가 원하는 걸 하지 못한다면 무슨 의미일까. 유튜브를 '직업'으로 하고 있다면 시청자의 니즈에 맞춰 운영하는 게 맞지만, '취미'로 하고 있다면 내가 세운 목적에 부합하게 운영해야 한다. 나의 목적은 오로지 '취향을 공유한다'는 것이었다. 유행에 상관없이, 진정으로, 오로지 내가 좋아하는 것을 지키는 채널. 내 행복의 모든 순간을 영상으로 기록하니, 내 유튜브 채널은 자연스럽게 '행복의 역사'가 되었다. 때때로 울적해지면 내 영상을 정주행한다. 나를 행복하게 만들었던 인형, 이 인형을 좋아하게 된 이유, 처음 마주했을 때의 행복한 얼굴, 사람들에게 소개할 때 느껴지는 행복감. 영상을 통해 그 당시 행복했던 나로 언제든 돌아갈 수 있다. 나의 행복은 어디에서 오는가, 다시금 돌아볼 수 있는 기회가 된다.

유튜브 알고리즘이 추천해주는 대로 영상을 보다 보면 "이 세상에 참 잘난 사람들 많다" 싶다. 하지만 나처럼 잘하는 게 없어도 유튜버가 될 수 있다. 좋아하는 것이 있다면 그것을 기록하고 공유하면 되고, 대단한 수집품이 없더라도 내가 행복한 순간을 조각모음하여 보여주면 된다. 나처럼, 그저 내가 행복하기 위해, 내 행복을 기록하기 위해 유튜브를 시작해도 좋다. 나처럼 누군가와

　　　　　　　　　　　　살짜쿵 인형

취향을 공유하면서 또 다른 행복을 느껴봐도 좋다. 그로 인해 생각지도 못한 또 다른 행복이 찾아올지도 모르니까.

# 본업은 키덜트고요,
# 부업은 회사원입니다

　일반적으로 직장인이라면, 직장인으로서의 자신을 '본캐'라고 말할 것이다. 나 또한 10년 넘게 직장 생활을 해오고 있고, 업무에 대해 누구보다 오너십과 열정을 불사지르고 있는 사람인지라 최 대리가 나의 본캐라고 생각했다.

　본캐와 부캐를 나누는 기준은 무엇일까. 절대적인 투입 시간? 내 삶에 차지하는 비중? 내 마음속 우선순위? 내가 마음을 쓰는 시간의 비중?

　누구나 여러 캐릭터를 가지고 있다. 직장인, 엄마, 딸, 동생, 아내, 보호자, 친구, 동료, 선배, 후배, 키덜트유튜버, 블로거, 작가, 인플루언서, 광고주, 프로젝트 오너, 시스템 책임자, 고객, 세입자… 하루에도 몇 번씩 나의 캐릭터를 바꿔가며, 여러 역할을 해내고 있다. 이 많은 캐릭터, 역할 중 나의 '본질'을 가장 잘 표현할 수 있으면서 가장 나다운 캐릭터는 누구일까.

　주말마다 로또에 당첨되는 상상을 해본다. 나에게 갑자기 수십억의 돈이 생긴다면 나는 무얼 하면서 살까? 나는 취미 삼아 회사를 계속 다니다가 지루해지면 정리하고, 돈 많은 백수의 삶을 온전히 즐길 것이다. 평소엔 고민고민하다 하나만 겨우 골라서 사곤 했던 인형을, 풀 세트 전 시리즈 구입할 것이고, 매일 다른 인형샵을 돌아다니며 "여기서부터 저기까지 다 주세요"를 시전할 테다. 오늘의 뿌듯한 소비를 혼자만 보지 않을 것이다. 나의 행복함, 나의 뿌듯함을 여러 사람이 느낄 수 있도록 열심히 리뷰를 찍어서 유튜브에 올릴 예정이다. 물론 돈이 차고 넘치기 때문에 소소한 광고수익이나 조회수에는 연연하지 않는다.

　'돈에 구애받지 않는 삶을 살 수 있다면 무엇을 하고 싶을까?'를 생각하면 나의 본캐가 무엇인지 또렷해진다. 내게 지워진 의무가 사라졌을 때, 내가 가장 원하는 나의 모습. 어떤 상황에서도 잃고 싶지 않은 나의 형상은 무엇인지. 아무리 생각해도 나는 인형을 좋아하고 언제나 인형을 끼고 사는 '키덜트'로서의 내가 본캐일 수밖에 없다. 로또 당첨돼서 일확천금이 생겨도 키덜트 유튜버는 계속할 테니까.

내가 쏟은 열정과는 달리 최 대리로서의 나는 그리 성공하지 못했다. 몇 년째 승진이 누락되었고 육아휴직 후 복직해서 겨우 직함을 유지하고 있는 꼴이다. 덕분에 연봉도 직급도 동기들보다 낮다. 특별히 업무 능력이 모자라거나 일머리가 없다곤 생각하지 않는데, 운이 없어서, 요령이 부족해서 이렇게 된 것이라 합리화 중이다. 그러다 보니, 회사에서 최 대리로서 살아가면서는 주눅 드는 순간이 많다. 내가 느끼는 최 대리의 모습은 손도 빠르고 일도 적당히 잘하는데, 냉혹한 현실의 평가는 그러지 않다고 말하는 것 같아서. 하지만 직장인으로서의 내가 '부캐'라고 생각하니 마음이 조금 가벼워졌다. 나에게 붙는 타이틀이 여러 개라면, 그중 하나쯤은 조금 부족할 수도 있지. 어떤 캐릭터는 조금 부진하지만, 어떤 캐릭터는 나쁘지 않고, 어떤 캐릭터는 대단히 잘 해내고 있으니 괜찮은 것이다. 하나의 캐릭터라도 내가 보

살짜쿵 인형

람과 재미를 느끼고 있다면 그걸로 괜찮다.

회사 선배들이 내게 자주 건네는 말이 있다. 힘을 빼라고. 매사 모든 걸 잘 해내려고 너무 애쓰지 말고, 스스로를 재촉하지 말라고. 이미 1인분 이상의 몫을 해내고 있다고. 너와 한 번이라도 일해봤다면 '일 잘하는 최 대리'임을 누구나 느낄 것이라고. 회사에서 매겨지는 평가는 능력으로만 정해지는 것이 아니고, 여러 요인에 의해 결정되는 것이기 때문에 '나의 능력이 부족하다'고 생각하지 말라는 위로.

인간으로 태어났다면 누구나 좋아하는 일만 하며 살 순 없다. 우리의 삶에는 좋아하는 일, 하기 싫지만 해야 하는 일, 잘하는 일, 하지 않으면 안 되는 일까지, 여러 유형의 과업들이 존재한다. 어떤 시기에는 너무나 하고 싶었던 일이지만, 시간이 지난 지금은 하고 싶지 않을 수도 있고, 잘하지만 하기 싫었던 일도 어느 순간 재미를 붙여 할 만해질 수도 있다. 그러니 우리에겐 여러 캐릭터가 필요하다. 나 또한 올해 운이 좋다면 최 과장이 되어 회사일에 큰 보람을 느낄지도 모른다. 키덜트 유튜버에 회의를 느끼며 업로드가 뜸

해질 수도 있다. 그렇게, 직장인이 본캐가 될 수도 있고 그러다가도 다시 키덜트로서의 내가 가장 행복했음을 깨닫고 원래대로 돌아올지도 모른다. 그렇게 우리는 끝없이 본캐 체인지를 하며 삶을 이어갈 것이다. 나는 한마디로 정의할 수 없다. 매 순간 달라지고 변화한다. 입체적인 내가 만들어진다.

내 유튜브의 시작은 무성영화 같았다. 나름 인기 키즈 채널을 참고해서 글로벌 시청자를 노리겠다며 아무 말 없이 장난감만 촬영했다. 저작권 프리의 차분한 클래식 음원을 깔고 조용히 장난감을 보여주며 자막으로 설명을 붙였다. 나름 글로벌 시장을 노린다며 번역기의 힘을 빌려 영어 자막까지 달기도 했다. 제품 구매하기 전 유튜브를 검색해서 보던 나는, 유튜버의 얼굴이 나오는 것이 쓸데없다 느껴졌다. 그 사람이 궁금하고, 보고 싶은 게 아니라 오로지 제품에만 집중하고 싶었기 때문이다. 그래서 내 첫 영상으로 업계 용어로 '손튜버'라고 부르는, 손만 나오는 리뷰 영상을 올렸다.

살짜쿵 인형

친구들에게 내 유튜브 시청을 종용하면서 피드백을 조금씩 받기 시작했다. "나는 목소리 안 나오면 안 봐. 화장하면서 틀어두거든." 그 말에 내레이션을 녹음하기 시작했다. 귀여운 인형에 비해 나의 목소리가 너무 중후하다는 생각이 들어 피치를 조정해 음성변조를 했다. 확실히 음성과 자막이 함께 들어가니 내용이 전보다 잘 전달되는 느낌이었다. 나의 원래 목소리를 아는 지인들이 "너의 원래 목소리가 더 좋다"고 해서, 음성변조의 수준을 조금 낮추기도 했다. 귀여운 느낌은 조금 줄었지만 '자기 전 조용히 감상하는 차분한 리뷰'라는 컨셉에는 더욱 어울리게 되었다.

그러다 나와 비슷한 취향의 인형을 리뷰하는 동료들을 만났다. 나와 몇 번의 만남을 가진 친구들은 "성격이 이렇게 밝으신지 몰랐어요. 영상에도 이런 모습이 나오면 좋을 텐데"라고 말해주었다. 나는 내가 좋아하는 친구들에 한해 나대는 조용한 관종일 뿐인데. 곰곰이 생각해보니 내 유튜브의 취지도 '나와 비슷한 취향의 사람'을 위한 영상을 공유하는 것 아니었던가. 결국 나와 같은 것을 좋아하는, 내가 좋아하는 얼굴 모를 무명의 친구들을 위한 영상인데 내가 좀 더 나대도 되지 않을까.

　그렇게 얼굴을 슬쩍슬쩍 공개하며 인형을 행복하게 가지고 노는 짧은 영상을 붙이는 정도에서, 일반적인 리뷰 유튜버처럼 얼굴을 전체 공개하고 리뷰하는 형태로 변화했다. 의도하지는 않았지만 지인들의 조언으로 한 단계 한 단계 유튜버의 변화 단계를 밟은 셈이다. 지금은 최종 형태(?)인 얼굴 공개 리뷰뿐 아니라, 손만 나오는 리뷰, 목소리도 넣지 않고 현장의 소리만 담은 (대부분 '귀여워'라고 외치는 내 목소리가 포함된) 방문기까지 다양한 형태로 영상을 올리고 있다. 무조건 얼굴이 나오는 영상이 좋은 것은 아니지만, 여러 가지 포맷의 영상을 시도했다는 점이 뿌듯했다. 나는 스스로를 새로운 변화를 받아들이기 힘들어하며, 남들 앞에서 발표하는 걸 싫어하고 못 하는 사람이라 생각했지만, 유튜브 채널의 변천사 속에서 여러 모습의 나를 만날 수 있었다.

　　　　　　　　　　　　　　살짜쿵 인형

# 인형도 주시는데
# 돈도 주신다고요?

　영세 유튜버지만 나름 수익은 있다. 조회수 수익은 없다시피 해서 만년 적자 채널이지만, 가끔 들어오는 협찬이 쏠쏠하다. 내가 좋아하는 캐릭터를 꾸준히 리뷰하니, 해당 캐릭터와 컬래버레이션을 진행하는 업체에서 협찬 제안을 해왔다. 요즘 디지털마케팅 추세는 인기 유튜버 외에 나와 같은 영세 유튜버에게도 협찬을 해서 커버리지를 넓히고 콘텐츠의 신뢰도, 친밀감(이 사람 저 사람 모두 추천하네?)을 주는 것이다. 내가 좋아하는 것을, 내 돈 들이지 않고 리뷰할 수 있다니. 제법 성공한 삶이다.

　나의 취향과 전혀 상관없는 제안도 자주 들어온다. 내가 리뷰하는 제품군과도 완전히 다르고, 타깃도 다르지만 그저 조회수가 적당히 나온다는 이유로 이런저런 제안이 들어온다. 인형을 리뷰하는 사람에게 속옷, 화장품, 영양제, 심지어는 성형 협찬 연락까지 온다. 협찬 제안은 내 채널을 제대로 살펴보지도 않고 마구잡이로 던지는 경우가 대다수지만, 그럼에도 내가 애용하는 브랜드, 좋아하는 캐릭터 제품 협찬 제안이 오면 '유튜버 하길 잘했다'는 생각이 든다.

대부분은 제품만 지원받지만 가끔은 콘텐츠 제작비도 소소하게 받는다. 물론 큰돈은 아니지만, 내가 좋아하는 제품을 공짜로 받으면서 영상 제작에 따른 수고비도 벌 수 있게 되었다. 좋아하는 일을 하면서, 돈도 벌 수 있다니. 내가 꿈꾸던 삶이다.

내가 좋아하는 제품을 협찬으로 받으려면 어떻게 해야 할까. 편법은 없다. 그저 좋아하는 제품은 꾸준히 리뷰하는 수밖에. 그러다 운이 좋으면 알고리즘의 선택을 받아 꽤 높은 조회수를 기록하게 될 것이다. 관련 키워드 검색 결과에서 상위에 노출되면 브랜드 담당자가 내 콘텐츠를 발견하고 연락을 할 수도 있다. 조회수가 높지 않더라도 꾸준히 관련 영상을 업로드하면 언젠가는 나

살짜쿵 인형

를 알아봐 준다.

아무리 기다려도 연락이 오지 않는다면, 담당자 연락처를 물색하여 먼저 연락을 해봐도 좋다. 한번은 좋아하는 캐릭터 컬래버레이션 제품이 출시되었는데, 인기가 너무 많아 제품을 구할 수 없었다. 평소 리뷰도 자주 하던 브랜드라, 브랜드 담당자를 물색해 제안을 보냈다.

그동안 이런 영상들을 꾸준히 만들었습니다. 조회수도 잘 나온 편이고요. 이번에 나온 이 제품들을 리뷰하고 싶은데 도저히 제품을 구할 수가 없습니다. 제품 협찬을 해주신다면 몇 월 며칠까지 리뷰를 올리겠습니다. 가능할까요?

나 역시 마케터라, 마케터가 좋아할 법한 말들을 섞어 제안 메일을 보냈다. 결국 모든 라인업의 제품을 받아 리뷰도 올리고, 몇 년이 지난 지금까지도 야무지게 사용하고 있다. 중요한 건 협찬을 구걸하는 태도가 아니라, 내 채널을 마케팅 측면에서 어떻게 활용할 수 있을지 제안하는 것이다. 나는 그저 받기만 하는 것이 아니라, 브랜드에게 이런 식으로 도움이 될 수 있다는 현실적인 이야기를 건넸다.

이후에는 '채널 소개서'도 만들었다. 내 채널의 특장점, 특히 마케팅 목적으로 활용했을 때의 장점을 정리했다. 스스로 쓰기에 낯부끄러운 말을 잘도 썼다. 나와 협업해야 하는 이유를 설명하면서 나는 스스로의 가치를 새삼 발견할 수 있었다. 내 채널의 주요 시청자 층은 몇 살부터 몇 살까지인지, 어떤 유형의 콘텐츠를 제작했고 이 중에 가장 반응이 좋았던 건 어떤 것인지, 지금까지 어떤 브랜드와 협업했고 어떤 성과를 냈는지. 협업 방식은 이런 방법들이 있고, 각각의 조건은 어떠한지, 제품 수령 이후 며칠 이내로 콘텐츠를 제작할 수 있는지까지. 귀사의 브랜드와 어떤 상관성을 가지고 있는 채널인지, 어떻게 활용할 수 있는지, 그리고 빠른 콘텐츠 제작이 가능하다는 점을 강조했다. 마케터들은 이 채널의 시청자와 브랜드의 타깃이 잘 맞는지, 보는 이들의 구매력이 높은지, 콘텐츠를 다양하게 활용할 수 있는지를 궁금해한다. 그들의 입맛에 맞게 포인트를 잡아 채널 소개서를 만들어두니, 협찬 제안에 답변하기도, 먼저 제안하기도 쉬워졌다. 취미로 시작한 유튜브를 제법 진지하게 정리해보면서 나의 활동

살짜쿵 인형

이 그저 '인형 보여주기'가 아니라, 나름의 규칙과 체계를 가지고 운영하고 있음을 새삼스레 깨닫게 됐다.

광고비를 책정하는 일도 쉽지 않다. 처음에는 5만 원, 10만 원으로 시작해서 점차 금액을 높여보다가, '진행할까 말까' 싶은 건에는 특히 더 높게 불러본다. 나는 마케터 경력을 살려 다른 채널에서 진행하는 광고 단가 기준, 제품의 가격대 등을 고려해 나름대로의 '가격표'를 만들었다. 내 가치를 스스로 '금액'으로 정하는 일은 쉽지 않고, 제안했을 때 거절당하면 '난 이 정도의 가치도 안 되는 사람인가' 좌절하게 되지만 덕분에 냉정한 현실을 마주하며 객관적으로 자기 평가를 할 수 있는 계기가 된다. 특히 유튜브의 세계, 마케팅의 세계는 더더욱 냉정하다. 때로는 너무하다 싶을 정도로 가혹하지만, 마케팅 성수기가 되면 물밀듯 들어오는 협찬 제안에 자아도취 되기도 한다.

유튜버로 살면서 내 세계는 대단히 넓어졌다. 평소라면 갈까 말까 고민하다 안 갔을 곳을 협찬 연락받고 방문하여 새로운 취향을 발견하기도 하고, 내 채널에 올리던 제품군은 아니지만 취향이

라 리뷰하면서 내 채널의 영역이 넓어지기도 한
다. 지금도 나는 동네 작은 구멍가게 같은 영세 유
튜버지만, 나만의 채널, 나만의 정책이 생기면서
내 세계를 단단히 다져가고 있다. 언제나 퇴사할
그날을 꿈꾸면서.

# 예술가는 아니지만
# 전시를 합니다

　나도 어처구니가 없다. 예술가도 아닌, 그저 인형 좀 많이 모은 사람인데 전시라니. 부산문화재단에서 수집가의 전시를 진행하는데 내 수집품도 전시해줄 수 있겠냐는 연락이 왔다. 가장 먼저 남편에게 의견을 물었다. 남편은 시큰둥하게 "너가 만든 것도 아닌데 무슨 전시?"라고 답했다. 예술가로 활동하고 있는 아빠에게 이야기하니 "드디어 너의 작품이 세상에 공개되는구나"라며 기대감을 전했다. 나와 가장 가까운 두 남자의 상반된 반응.

　아빠의 말처럼 나의 소중한 것을 세상에 공개한다는 것은 참으로 멋진 일이며 명예로운 일이다. 하지만 남편의 말처럼 나의 인형이 '작품'이 될 수 있는 걸까. 나는 문화재단에서 보낸 전시 기획서를 한참 들여다보았다. 전시의 주제는 '무언가를 좋아하는 마음의 힘'이었다. '좋아한다'는 마음이 가진 힘, 무언가를 좋아할 때 마음속에 펼쳐지는 꿈과 환상의 세계에 대한 전시다. 좋아하는 것이 있다는 것은, 내가 행복해지는 방법을 잘 알고 있다는 뜻이기도 하다. 좋아하는 마음에는 자연스럽게 행복이 따른다. 좋아하는 마음이 가득한 공간에 가면, 그 마음이 보는 이에게도 전이되어 누구나 행복을 느낄 수 있다.

인형을 수집하고 유튜브를 하면서 생긴 마음이 전시의 주제와 일치했다. 인형 하나에 담긴 나의 '좋아하는 마음'과 '행복', 나만을 위한 '환상의 세계'. 마음이 힘들 때 위안이 되었던 존재들, 바라만 보아도 행복해지던 순간들. 유튜브도 어딘가에 있을 나와 비슷한 취향인 사람들에게 나의 행복을 공유하기 위해 시작한 것인데, 전시도 같은 맥락으로 볼 수 있지 않을까. 내가 만든 인형은 아니지만, 내가 만든 이 공간이 관람객에게 주는 가치가 있을 것이라는 생각이 들었다. 좋아하는 마음이 가득한 환상의 세계, 나의 인형방을 더 많은 사람들에게 보여주자.

살짜쿵 인형

전시를 하기로 마음 먹고 준비하면서 들었던 가장 큰 걱정은 '내 인형으로 볼 만한 전시를 만들 수 있을까'였다. 전시는 수집가 여럿이 공동으로 진행하는데, 다들 특정 제품 혹은 캐릭터에 집중되어 있었다. 반면 나는 소위 '잡덕'이기 때문에 조잡한 인형가게처럼 보이기 십상이다. 그러면서도 우리집에 있는 '인형방'이라는 공간이 가지는 행복을 전달하고 싶었다. 내 방보다 훨씬 큰 전시장을 내 인형만으로 멋지게 꾸밀 수 있을까.

또 하나 걱정은 내 인형들의 안위였다. 내 소중한 인형들이 인형방을 나가서도 잘 지낼 수 있을까. 내 인형방에 고스란히 돌아올 수 있을까. 유리장으로 관람객과 완전히 분리한다면 분실, 오염 걱정은 없겠지만 실제 인형방 모습과 달라지기 때문에 내가 느끼는 행복한 마음이 제대로 전해지지 않을 것 같았다. 나의 인형들이 지닌 복실복실 부들부들한 행복감이 잘 보여야 하는데. 혹시 무례한 관람객이 함부로 만지거나, 작은 인형들이 굴러떨어져 잃어버리게 된다면… 내가 걱정되는 부분을 이야기하니, 운영팀에서는 펜스를 치고 공간마다 담당자를 상주시킬 것이라고 답변

했다. 소중한 전시품인만큼 소중하게 관리하겠다는 말도 덧붙여서.

전시장은 내가 사는 곳과 아주 멀리 떨어진 곳에 있었다. '전시장을 멋지게 채울 수 있을까', '인형들이 무사히 돌아올 수 있을까' 크나큰 걱정을 안고 전시품을 포장했다. 커다란 10개의 상자가 빵빵하게 채워졌다. 배송 중에 몇 개의 상자가 터져버렸지만 다행히 손상된 인형은 없었다. 배송비를 포함한 설치, 철거 작업에 따른 수고비도 받았다. 엄청난 금액이었지만 손익을 따져보면 그렇게 대단한 수익을 남기는 일은 아니었다. 하지만 돈이 대수인가. 마침 육아휴직 중이라 준비 시간도 넉넉하고, 겸사겸사 여행도 가고. 무엇보다 내 행복을 전시할 수 있는데. 하지 않을 이유가 없는 전시였다.

인형을 포장하고, 보내고, 설치하는 과정은 오롯이 혼자 해야 했다. 500개의 전시품을 진열하는 동안 내가 걱정했던 일 중 무엇도 일어나지 않았다. 나에게 할당된 전시 공간을 꽉 채우고도 남을 정도로 인형은 충분했고, 내 좁은 방에서 빛을 보지 못하던 인형들이 넓은 전시장에서 눈을 반

살짜쿵 인형

짝이며 존재를 과시했다. 화려하게 완성된 나의 전시 공간을 빠짐없이 내 눈에 담았다. 혼자 1박 2일 동안 만들어낸 나만의 결과물. 이곳에서 사람들이 나의 행복감을 충분히 함께 느낄 수 있겠다는 확신이 들었다.

전시는 부산에서 진행됐다. 내가 사는 곳과 아주 멀었기 때문에 비행기를 타고 가야 했다. 나는 아이를 키우고 있고, 엄마 아빠는 더 먼 곳에 사셔서 가족들이 내 전시를 볼 수 있을까 걱정됐다. 엄마 아빠는 "딸의 첫 전시를 안 볼 수 있냐"며 기꺼이 먼 길을 감수하겠다고 했다. 두 돌도 되지 않은 우리 아기는 비행기는커녕 장거리 이동도 안 해보았는데 같이 갈 수 있을까 걱정이었다. 그러나 "엄마의 첫 전시를 안 볼 수 있냐"는 친구의 말에 아기도 여행에 합류했다. 결국 우리 가족 모두가 다 같이 여행 겸 부산으로 가기로 했다.

사실은 전시를 혼자 준비하는 내내 아이를 생각했다. 아이를 떼어놓고 혼자 조용한 전시장에서 인형을 쌓으며, 나는 행복을 느꼈다. 그리고 나의 이런 마음과 행동이 아이에게도 전달되길 바랐다. 엄마는 이런 걸 좋아하는 사람이고, 좋아하는 마음을 이렇게 많은 사람에게 보여주었어. 가장 중요한 건 '내가 행복해지는 것, 행복해지는 방법을 아는 것'이지만, 그 행복감을 타인에게 공유하면 모두의 행복이 더 커진단다. 아이에게 딱 하나 가르쳐주고 싶다면, 이런 마음이다.

걱정과는 달리 아이의 첫 비행은 너무나 성공적이었고, 아빠는 내려간 김에 옛 친구들도 잔뜩 만났다. 심지어는 전시장에 본인의 친구까지 초청해서 내 딸 전시라고 자랑까지 했다. 함께 간 언니는 나와 늦은 밤까지 수다를 떨었고, 조카와 우리 아이도 그 옆에서 자기들끼리 까르륵 웃어댔다. 이 정도면 내 전시는 이용당했고, 우리는 그저 따로 또 함께 가족여행을 다녀온 것이다. 이번 여행에서 우리 가족은, 행복했다.


전시에는 여러 팀이 참여했다. 좋아하는 캐릭터를 자신만의 방식으로 표현한 작가도 있었고, 나처럼 미친듯이 무언가를 수집하는 사람들이 팀을 이루어 공간을 채우기도 했다. 나는 전시장을 찾은 이들이 전시 공간에서 많은 사진을 남기길

살짜쿵 인형

바랐다. 사람들은 가장 기억하고 싶은 순간, 그러니까 가장 행복한 순간에 사진을 남기고 싶어 하니까. 색색이 모여 있는 나의 인형을 배경으로 인증샷을 찍으며 '행복의 순간'을 기록하길 원했다. 전시 기간 틈틈이 후기들을 읽었다. 나의 바람대로 많은 사람들이 인증샷을 찍고, 즐거운 시간을 보내고 행복을 느꼈다. 나는 오로지 나를 위해, 좋아하는 것을 열심히 계속 좋아했을 뿐인데. 나의 '좋아하는 마음'이 다른 사람에게도 전달될 수 있음을 전시를 통해 다시 한번 느꼈다. 유튜브와는 또 다른 느낌이었다. 내 행복이 나에게서 끝나지 않고, 많은 이들에게 전해진다는 것은 참으로 의미 있고 보람된 일이다.

한 달간의 전시 기간 동안, 내 인형방은 절반 정도가 빈 상태였다. 나는 인형을 전시장에 보내둔 상태라는 것을 까맣게 잊고, 그 빈칸을 부지런히 채웠다. 한 달 뒤 본래 자리 주인이 돌아왔을 때, 나의 인형방은 미어터지기 일보 직전이었다. 전시 전과 또 다른 형상의 인형방이 만들어졌다. 내가 만든 공간의 '행복'을 남들에게 빌려주었다가 돌려받았다고 생각했는데, 다른 사람들의 행복까지 더해져 더 사랑스러운 공간이 되었다. 행복은 이렇게 돌고 돌아 더 크게 마주하게 된다.

살짜쿵 인형

# 나의 인형을
# 떠나보내며

인형 수집광으로서 부끄럽지만, 나는 인형 관리를 그다지 하지 않는다. 많은 사람이 "그 많은 인형 관리는 어떻게 해? 빨래는? 청소는?" 묻지만, 그럴 때마다 나는 세상 부끄러워하며 "아무것도 안 해…"라고 답한다.

다행히 내 인형들은 알아서 잘 처신해주었다. 곰팡이가 피거나, 보풀이 잔뜩 생기지도, 먼지가 미친듯이 쌓이지도 않았다. 그런 걸 민감하게 느끼지 않는 주인 덕을 본 걸 수도. 오래된 인형 중 하나는 어딘가 기분 나쁘게 묵직해져서 조용히 먼 곳으로 보낸 적이 있긴 하지만, 내 인형방 속 대부분의 인형은 별 탈 없이 형태를 유지 중이다.

가끔 가방에 달고 다니다가 바닥에 끌려서 검댕이가 묻거나, 아이와 놀다가 우유를 흘려 더러워졌을 때는 가벼운 손빨래로 원래의 모습을 찾았다. 또 신생아인 우리 아기에게 인형을 갖다 대기 전에는 건조기로 '침구 털기'를 하거나 에어드레서로 살균을 해서 먼지와 세균을 최소화하려했다. 이런 최소한의 관리를 통해 나는 대부분의 인형을 떠나보내지 않고, 망가뜨리지도 않으면서 나름 잘 유지 중이다.

최근 몇 년간, 1년에 한두 번 옷정리를 하면서 아름다운 가게나 굿윌스토어 같은 업체에 옷이나 잡화를 모아 기부하고 있다. 그곳에는 나의 인형도 일부 포함된다. 그 업체들은 기부로 받은 물품을 중고로 판매한다. 판매 수익금 중 일부는 장애인 직원에게 돌아가거나, 후원 사업에 사용된다. 내가 잘 사용하지 않는 물건을 필요한 누군가가 구매하는 것이니 환경에도 도움이 된다. 결정적으로 기부를 시작하게 된 것은 연말정산 시 기부 영수증으로 받는 혜택이 있다. '나 기부하는 사람이야'라는 뿌듯함은 덤.

애석하게도 나의 공간과 마음은 무한대가 아니라, 모두가 잘 보이게 진열을 하기도 어렵고 모든 인형에게 끝까지 커다란 애정을 주기도 어렵

살짜쿵 인형

다. 무엇보다 미친 사람처럼 인형을 사 모으다 보면, 그렇게 마음에 들지 않았는데도 얼렁뚱땅 사버리는 경우도 종종 있다. 혹은 소위 '휴덕(덕질을 잠시 쉬는 것)', '탈덕(덕질을 그만 두는 것)'을 하며 떠나보내는 경우도 있다.

인형 수집광인 나에게 인형이란 단순 수집품 이상의 의미를 가진다. 나를 위로하는 친구이기도 하고, 여행을 추억하는 장치이기도 하고, 나와 안김성을 공유한 소중한 인연이기도 하다. 그래서 나를 위로하려는 목적보다 '소유'에 의미를 두고 구입한 인형이나, 특별한 추억 없이 구입한 인형, 안김성이 그다지 좋지 않거나 너무 공간 차지를 많이 하는 인형은 내보내기로 결정했다. 물론 방출 결정된 인형을 몇 번이나 다시 안아 보면서 '정말 이 아이를 보내도 되는가' 백 번 고민한다.

기부할 때 가장 중요하게 생각하는 건 이 인형의 효용이다. 이 인형의 새로운 주인이 나보다 더 많은 애정을 줄 수 있을 것 같으면 보내야겠다 결정한다. 진열장에 두었을 때 기대만큼 조화롭지 않거나, 처음처럼 마음이 가지 않을 때, 이 캐릭터 자체에 대한 애정이 식었을 때도 방출 리스트에 오른다. 판매보다는 기부를 선호하는 터라, 명확한 개인에게 넘겨줄 수 있는 구조가 아니다. 누구에게 이관되는지, 언제쯤 주인이 바뀌는지도 알 수 없다. 좋은 의도로 판매되는 매장에서, 좋은 마음으로 방문한 사람들이 좋은 마음으로 내 것이었던 인형을 데려가주길 바랄 뿐이다. 내가 이 인형을 처음 만났을 때의 행복감을 새로운 주인도 마주하길 바라면서.

　기부 외에 인형이 방출될 때도 있다. 우리 집에 방문한 아기 손님에게 가는 경우다. 우리 집에 방문한 손님에게 인형방을 자랑하는 것이 나의 즐거움 중 하나인데, 손님이 어릴수록 반응이 크고 나의 기쁨도 커진다. 난생처음 보는 인형 세상에서 아기들은 저마다 마음에 드는 친구들을 하나씩 고른다. 각자 인형을 몇 마리씩 안고 이리저리 역할 놀이하는 모습을 보면, 나의 소유욕이 일순간 수그러든다. 그럼에도 내가 아끼는 친구들을 안고 다닐 때는 가만히, 조용히 있다가 내가 덜 애정하는 인형을 만지면 "이거 가져갈래? 이모가 이 친구 줄까?"라고 묻는다. 기대하지 않던 선물을 받은 아이들은 매우 기뻐하며 인형 친구를 모셔가고, 나에게 덜 사랑받던 인형은 더 큰 사랑을 줄 수 있는 아기 주인을 만나 떠난다.

인형의 주인을 바꾸는 일은 꽤나 미련이 남고 슬픈 일이다. 그럼에도 그 인형이 내게 주는 행복이 감가상각이고 새로운 주인에게 다시 한번 큰 기쁨을 줄 수 있다면 인형을 보내주는 것이 맞는 결정이다. 인형은 마치 온 세상의 아기가 그러하듯, 사랑받기 위해 태어났다. 비록 집착이 넘치는 인형 수집광이지만, 소유욕에 매몰되지 않으려고 한다. 나는 내가 행복하려고 인형을 수집하는 것이지, 세상에서 가장 많은 인형을 모으려고 산 게 아니니까. 나에게 인형의 '효용'은 내 인형방에서 자기 자리를 지키는 것이 아니다. 인형을 보냄으로써 내가 행복할 수 있으면 그걸로 된 것이다. 거기에 새로운 주인의 새로운 행복값은 덤이다.

# 엄마가 된 키덜트

육아를 능숙하게 잘하는 엄마는 아니지만, 그래도 자랑스럽게 이야기할 수 있는 게 있다. 아이에게 여러 인형으로 다채롭게 놀아줄 수 있다는 것. 나는 우리 아이에게 '인형수저'를 쥐여주었다. 엄마가 금은보화는 못 줘도 인형은 충분히 줄 수 있으니까. 대단한 명예나 재력은 없지만 인형만큼은 원 없이 물려줄 수 있으니까. 아이가 태어나기 전부터 진득하게 우리 집 한 켠을 지키고 있던 인형 친구들은, 아이의 탄생과 동시에 그 존재 가치가 더욱 빛나게 되었다.

아이가 태어나기도 전에 나는 아이의 애착인형을 잔뜩 구입했다. 오롯이 엄마의 취향만이 담긴 인형들이었다. 조리원 짐을 쌀 때도 나는 인형을 한가득 챙겼다. 아기를 개인 방으로 데려오면, 아기와 인형을 침대에 나란히 눕혀 사진 찍기 바

살짜쿵 인형

빴다. 저 작은 인형보다도 작은 우리 아이. 내 품에 쏙 안기는 작은 토끼 인형을 데려갔는데, 이보다도 작다니. 연신 사진을 찍어대며 이 인형보다 훨씬 커질 아이의 미래 모습을 그려봤다. 이 인형을 안고 나와 이곳저곳을 여행하게 될 행복의 시간까지.

그리고 우리 아이는 내가 상상한 대로 자라났다. 그 작은 토끼 인형의 두 배는 훨씬 넘을 정도로. 이제 그 정도 인형은 품에 대여섯 개는 안고 걸어갈 수 있을 정도다. 우리 아이는 엄마를 똑 닮아 인형을 좋아한다. 아침에 눈을 뜨면 침대에 한가득 쌓여 있는 인형을 하나하나 들여다본다. 아끼는 인형 한두 개를 데리고 거실로 비적비적 걸어 나와 조용히 인형놀이를 시작한다. 컨디션이 좋지 않은 아침에는 그날의 최애 인형을 품에 꼬옥 안은 채 눈도 못 뜨고 울면서 내게 안긴다. 밥을 잘 먹지 않을 때도 인형이 밥 뺏어 먹는 시늉을 하면 헐레벌떡 한 술 뜬다. 비슷하게 생긴 인형들이 있으면 큰 녀석은 엄마토끼, 작은 녀석은 아기토끼라고 이름까지 붙여준다. 엄마가 예쁘게 진열한 인형 장식장을 이리저리 헤집어 놓으면서 노는 것이 아이의 놀이 방식이다. 자기 전에는 인형을 품에 안고 방으로 걸어들어가, 인형에게 작은 이불을 덮어주고 토닥여준다. 그리고 그 옆에 본인도 몸을 뉘이고 함께 잠든다. 인형 속에서 눈 뜨고 인형 속에서 잠드는 일상이다.

아이에게 미안하지만, 사실 처음 신혼집을 구할 때 아기방을 고려하지 않았다. 그저 내 인형방 하나 만드는 게 중했다. 그래서 집에 인형방은 있지만 아기방은 없었다. 갓난쟁이가 집에 들어왔는데 아기방이 없다니. 처음에는 안방과 거실에서 아이를 돌봤지만, 아이 짐이 늘어날수록 그의 공간이 필요해졌다. 어쩔 수 없이 인형방을 청소하고 큰 매트를 깔아 아기방으로 사용했다. 인형방 겸 아기방에는 항상 공기청정기가 돌아가고, 수시로 방청소와 환기를 했다. 수백 개의 시선 속에 잠들어야 하니, 우리 엄마는 우리 집에 와서도 절대 인형방에서 잠을 자지 않는다. 그런 방에서 아이를 재운다니. 다행히 우리 아기는 인형수저답게 인형방에 잘 적응했다. 어떠한 거부감도 없이, 새벽에도 깨지 않고 이른 저녁부터 늦은 아침까지 12시간 통잠을 자기도 했다.

　아기를 낳기 전, 누군가가 "아기가 네 인형 달라고 떼쓰면 어떻게 할 거야?" 물으면 내 인형과 아기 인형을 철저히 구분할 것이라고 장담했다. 내 수집품은 내 것이라고 분명히 설명하고 아이에게는 아이 장난감을 줄 것이라고. 하지만 아이가 태어나고 나니, 내 수집품은 물론이고 내 인생까지 아기에게 바치고 싶어졌다. 내 인생의 주연은 사실 내가 아니라 아기였던 것 아닐까 생각할 정도로. 포장도 태그도 뜯지 않던 인형은 너덜너덜 침 범벅이 되었다. 항상 뽀얗고 깨끗했던 나의 인형들이 어딘가 너덜한 모습이 되었지만 나는 그 모습마저 귀엽고 사랑스럽다 생각했다. 결국 나는 내가 행복하기 위해 인형을 모은 것이지, 인형을 깨끗이 보관하기 위해 산 것이 아니니까. 아이와 인형을 가지고 이리저리 노는 지금이 가장 행복하다. 인형은 한 자리에 가만히 앉아 그 위용을 뽐내도 좋지만, 사람의 품속, 손안에서 사랑받을 때 조금 더 빛나는 듯하다.

　내가 제일 좋아하는 영화 〈토이스토리〉 시리즈에서는 아이의 놀이에 참여하지 못하는 인형들이 시무룩해하는 모습이 자주 나온다. 아이의 선택을 자주 받는 인형이 그들의 리더가 된다. 영화 속 인형들은 박물관에 진열되는 삶보다 아이들과 놀이터에서 지저분하게 노는 삶을 선택한다. 나의 인형들은 우리 아이를 만남으로써 비로소 그 역할을 하게 됐다. 아이가 태어나지 않았다면 또 다른 형태로 가치를 찾았겠지만. 나의 인형들은 지금처럼 때로는 밟히고 눌리고 뭉개지는 삶을 선택했다. 내 손에서 아기의 품으로 이어지는 '좋아하는 마음', 인형과 함께하며 느끼는 행복. 시간이 흐를수록 좋아하는 마음은 자라나고, 행복은 손에서 손으로 그렇게 전해지고 커져간다.

# 키덜트 엄마가
# 인형수저 아기를 키우며

혼자였을 땐 그저 철부지 인형 수집가였으나 아기를 낳고 난 뒤, 나는 아기에게 쥐여줄 인형을 넉넉하게 준비한 부지런한 엄마가 되었다. 그저 인형을 열심히 사 모았을 뿐이면서, 사실 이 모든 건 아기의 놀잇감이 가득한, 아기가 놀기 가장 좋은 집을 준비해 둔 셈 치기로 했다.

아기가 생기면 부모의 삶과 시각은 완전히 바뀐다. 밤새 인터넷 세상을 떠돌다 잠 못 들던 나는, 젖이 불어 아픈 가슴을 자는 아기 입에 물리다 잠 못 자는 엄마가 되었다. (결론적으론 크게 바뀌지 않았을지도.) 그저 내가 갖고 싶으면 샀던 과거의 철부지와는 다르게, 이제는 '이거 아기도 가지고 놀 수 있을까?'를 먼저 생각하게 되는 엄마가 되었다.

하지만 사실 아기는 내 키덜트 생활의 정점이

라 할 수 있다.

첫째, 귀여운 것을 좋아하는 내게 아기는 최고의 행복이다. 생존을 위해 귀엽게 설계된 것이라고 하지만 우리 아기는 귀여워도 너무 귀엽다. 울어도 귀엽고 웃어도 귀엽고 똥을 싸도 귀엽다. 귀여운 것들 사이에 파묻혀 있는 귀여운 아기를 보면 '이러려고 인형을 모았구나' 생각할 정도다.

둘째, 아기 핑계로 더 다양한 인형과 장난감을 만나게 되었다. 아기 인형, 장난감의 세계는 키덜트의 세계와는 차원이 달랐다. 물론 아기 장난감의 범주도, 키덜트의 수집품 범주도 정해진 바가 없기 때문에 어떤 세계가 더 큰지 감히 견주어 볼 순 없지만. 키덜트의 세상에만 빠져있던 내게 아기 장난감 시장은 별세계와의 만남이었다.

어른용 장난감에서는 흔치 않은 기능이 아기 장난감 계에서는 흔하디흔한 기능이고, 아무리 뒤져도 찾을 수 없던 어느 캐릭터의 굿즈는 아기 장난감이나 그림책으로는 너무나 흔했다. 그래서 나는 표면적으로 '아기 생활용품'이라는 명분하에 인형, 장난감을 잔뜩 사 모으고 있다. 인형 수집계의 새로운 세상이 열린 셈이다.

마지막으로, 인형의 효용이 더 커졌다. 이미 인형이 내게 준 가치는 셀 수 없을 만큼 크다. 앞에서 구구절절 이야기했듯 인형은 내게 소중하고, 큰 행복을 주었다. 하지만 일반적인 시선에서는 '그저 솜덩어리를 돈 주고 사 모은 사람'일 뿐이었는데, 이제는 인형으로 아기와 무궁무진하게 놀아줄 수 있는 '콘텐츠 많은 엄마'가 되었다. 즉, 전시용으로만 살던 나의 인형들이 아이의 손에 들어오면서 더 많은 역할을 하게 된 것이다. 그리하여 인형 자체의 효용이 커지고, 나의 수집활동도 일반적인 시선에서 전보다 정당화되었다.

아기 장난감은 크게 두 가지 부류로 나눌 수 있다. 닫힌 장난감과 열린 장난감. 기능이 정해져 있는 '닫힌 장난감'과 활용법이 무궁무진한 '열린 장난감'. 버튼을 누르면 노래가 나오거나, 알파벳을 누르면 원어민 발음이 나오는, 기능이 정해져 있고 그 이상 활용하기 어려운 장난감이 닫힌 장난감에 속한다. 세상 사람들이 말하는 '육아필수템'의 대부분은 닫힌 장난감이다. 육아 선배들에게 반강제적으로 물려받은 장난감이 우리 집을 채워갈 때 내 마음 한 켠이 답답해졌다. 물론 여러 기능이 잔뜩 들어 있는 장난감은 내 마음을 설레게 했지만, 그 마음이 오래가진 않았다. 닫힌 장난감에 대해 닫혀버린 내 마음은 아기에게도 전달되었다. 아기 역시 몇 번 가지고 놀다 보면 기능이 빠해지니 일주일이면 질려했다.

반면 내 인형들은 모두 '열린 장난감'이다. 역할 놀이 외에도 활용법이 무궁무진하다. 아기가 태어난 뒤 유독 열심히 모으고 있는 인형이 있는데, 바로 동물 인형이다. 현재 우리 아기의 방은 작은 동물원을 방불케 한다. 기린, 호랑이, 사자, 고양이, 라쿤, 캥거루, 강아지, 곰, 개구리… 그 와중에 꼬리를 누르면 삑삑 소리가 난다든지, 배를 누르면 자장가가 나오는 '기능성 인형'도 있다. 나는 동물 인형을 가지고 아기와 놀아주면서 동물의 이름, 울음소리, 습성까지 자연스럽게 알려줄 수 있었다. 사람 형태의 인형을 가지고는 신체 부위의 이름과 율동을 가르쳐줄 수 있었고, 작은 피규어들을 가지고 색깔, 숫자, 분류하기 훈련을 시킬 수 있었다.

무엇보다 좋은 건 아이가 스스로 이야기를 지

어내기 시작했다는 점이다. 아이가 가장 키웠으면 하는 것이 바로 '상상력'이다. 우리 아기는 나처럼 정해진 공부만 하고, 배운 것 외에는 모르는 헛똑똑이로 키우고 싶지 않았다. 스스로 이야기를 만들어내는 것은 '창조'다. 그것은 자신의 세계를 무한대로 넓혀갈 수 있다는 것을 의미한다. 아기는 매일 아침 인형방에서 나와 함께 인형을 살펴보며, 마음에 드는 인형 몇 마리를 골라 쥔 다음, 자신의 놀이매트로 데려와 이야기를 만들기 시작한다. 아직 발음이 분명하진 않아서 어떤 이야기인지는 엄마도 모른다. 그래서 더 비밀스러운 자신만의 이야기가 만들어진다.

우리 아기는 어떤 어른이 될까. 나는 적어도 자신이 행복해지는 방법을 알고 있는, 내가 좋아하는 것이 무엇인지 분명히 말할 수 있는 사람이 되었으면 좋겠다. 내가 본 세상에만 갇혀 지내지 않고 스스로 세상을 넓혀갈 수 있는 사람이었으면 한다. 무엇보다 똑똑하고 훌륭하게 자라기 위해 키워지기보다는, 그저 사랑받고 사랑하며 크길 바란다. 나의 '인형 육아'는 이 모든 걸 이뤄낼 수 있는, 최고의 방법이다.

# 인형 수집이
# 회사생활에 끼친 영향

　의도한 것은 아닌데 어쩌다 보니 회사 사람들이 전부 나의 정체를 알고 있다. 내가 키덜트 유튜브를 운영하는 게 널리널리 퍼져 소문이 나고, 팀원들부터 제휴처 직원들까지 내 채널을 구독 중이다. 지금도 회사 사람들이 내 유튜브에 대한 이야기를 하면 민망하다. 회사에서도 발랄한 최 대리를 연기 중이긴 하지만, 회사에서의 모습과 유튜브에서의 모습은 또 다르니까. 회사에서는 내 업무에 대해 적당히 아는 척하면서 진지하게 이야기하는데, 유튜브에서는 "이건 리본이 달려 있고~ 무지개 색상이라 영롱하죠? 코에 하트도 있어서 귀여워요~"라고 떠들고 있으니. 그럼에도 나는 내가 유튜버라는 사실을 회사에 알린 걸 후회하지 않는다. 여러 의미로 인형 수집, 키덜트 유튜버라는 취미는 나의 회사생활에 도움이 되었기 때문이다.

10년 차 마케터인 나는 대부분의 시간을 '디지털 마케터'로 보냈고, 최근에는 제휴 마케팅 업무를 담당하고 있다. 디지털 마케터로서 나는 몇만 명의 직원 중 '유튜브를 가장 잘 아는 직원'이어야 했다. 회사 공식 유튜브 채널을 운영하고 사업에 도움이 되는 콘텐츠를 제작하는 일. 그래서 '유튜버'라는 취미는 나의 본업에도 큰 도움이 되었다. 대기업의 자본력 없이, 오로지 나의 얇디얇은 지갑으로 운영되는 채널. 광고도 뭐도 없이 오로지 오가닉 반응으로 드러나는 조회수. 회사라는 소속 없이 제로에서 시작하는 것이 얼마나 어려운 일인지 체감하면서, 유튜브의 생태계에 대해 누구보다 잘 알 수 있는 계기가 되었다.

키덜트 유튜브 채널은 동년배도 꽤 많이 보지만 어린 친구들의 시청이 가장 많다. 캐릭터 인형을 갖고 싶은 어린 친구들이 '언니 부러워요' 하면서 댓글을 달기도 한다. 어찌 보면 나의 정신연령이 한없이 낮은 걸 수도 있지만, 덕분에 나는 '요즘 친구들의 취향'을 제대로 파악할 수 있었다. 인형 수집을 하다 보면 최근 캐릭터 IP를 보유한 기업들이 어떤 제품을 주로 내는지, 누구를 타깃으로 하는지 자연스럽게 알게 된다. 그러다 보면 마케팅 트렌드의 흐름이 보일 수밖에 없어서 마케터로서의 나에게도 큰 도움이 되었다. 지금도 나는 10~20대 친구들 타깃의 제휴사를 발굴하고 있어서, 나의 취미가 직접적으로 회사 업무에 도움을 주고 있다. 유튜브, 그리고 10~20대의 취향을 가장 잘 알고 있는 사람. 나는 인형 수집이라는 취미 하나로 이런 자신감을 얻었다.

무엇보다 좋은 점은 덕업일치가 가능하다는 것이다. '우리 회사는 젊은 친구들을 위한 제휴 혜택이 필요합니다!'라고 주장하며 내가 즐겨 사용하는 쇼핑몰과 제휴를 하기도 하고, '요즘 친구들은 이런 경품을 좋아합니다!'라고 외치며 내가 좋아하는 캐릭터 굿즈를 경품으로 제공하기도 한다. 내가 좋아하는 것을 함께 좋아하는 이들을 위한 프로그램을 기획하는 것이 한없이 즐겁다. 나의 일을 내가 좋아하는 것들로 가득 채울 수 있다면 그것보다 행복한 직장인이 있을까. 물론 내가 좋아하는 것을 절대로 붙일 수 없는 무수한 무채색의 업무들이 있지만, 이따금 내가 좋아하는 것

살짝쿵 인형

을 가지고 회사에도, 고객에게도 도움이 될 수 있는 무언가를 만들 때 큰 보람을 느낀다.

내가 마케터가 아니었다면, 앞으로 마케팅 업무를 못 한다면 내 취미는 쓸모없어질까? 나의 취미가 회사생활에 끼친 가장 큰 영향은, '나'를 유지시켜주는 강한 기둥이 되었다는 점이다. 사회생활 초기에는 누구나 힘들다. 나도 되도 않는 고집을 부리기도 하고, 날 선 상사의 말에 자존감을 잃기도 했다. 연이은 승진 실패에 '네 나이에 대리인 게 조금 창피하지?'란 이야기를 들을 정도지만, 그럼에도 나는 회사원으로서의 나도, 나다운 나도 잃지 않았다. 그 가운데에는 나의 굳건한 취미가 서 있다. 최 대리로서의 나는 가끔 부족할 때가 많지만, 취미 생활을 즐기는 나는 더할 나위 없이 행복하다. 회사원으로서의 나는 이따금 스트레스를 받지만, 귀여운 인형을 보면 이내 마음이 풀린다. 하루 중 회사원으로 보내는 시간이 가장 많긴 하지만, 퇴근 후 나는 인형도 사야 하고, 유튜브 촬영도 해야 하고, 구독자들에게 댓글도 달아야 한다. 직장인 외에도 무수한 나의 페르소나가 있고, 지켜야 할 역할들이 존재한다는 것을 취미 생활을 통해 알게 됐다.

　사회생활로 가장 힘들었을 무렵, 선배는 내게 말했다. '알록달록했던 네가 회색빛이 된 것 같다'고. 제대로 취미 생활을 시작하고 키덜트 유튜버로 활동하면서 나는 다시 나의 알록달록함을 찾았다. 실제로 나의 인형방이 알록달록하기 때문일까. 회색빛 노트북을 두드리다가도 바로 옆에 서 있는 귀여운 나의 인형을 보며 나의 색을 되찾는다.

# 3장

# 내가 좋아하는 것들의 의미

# 미국에서 건너온 나의 곰인형

### 취향의 발견

수많은 캐릭터 중 나의 '최애'를 꼽는다면 고민 없이 '케어베어'라고 말하겠다.

케어베어로 말할 것 같으면 무려 80년대에 탄생한 역사 깊은 캐릭터로, 미국 연하장 카드에 들어가던 것에서 시작해 현재까지 전 세계적으로 사랑받는 캐릭터 되시겠다.

나의 인형 수집은 난장판으로 시작되었다. 최애(최고로 애정하는 것)고 차애(두 번째로 애정하는 것)고 없이 귀여우면 냅다 집어 오고, 이름을 아는 익숙한 캐릭터면 냅다 집어 오는 식. 어떻게 접하게 되었는지는 기억이 가물가물하지만, 나의 첫 케어베어는 개인 블로그에서 중고로 구입한 것이었다. 케어베어 인형만 판매하는 블로그 마켓이었는데 지금 생각해보면 꽤나 비싼 가격대지만, 그

당시엔 적정가격도 모르니 무작정 지르곤 했다. 지금 보면 빈티지 제품 중에서도 상태가 좋지 않은 편이지만, 누구를 살까 두근두근했던 기억이 선명해서 모두 소중히 보듬고 있다.

나는 케어베어를 통해 나의 인형 수집 취향을 알게 되었다. 나는 비슷한 외형에 특징이 조금씩 다른 캐릭터 시리즈를 좋아한다. 케어베어는 모두 동일한 곰인형 모양을 하고 있지만 캐릭터별로 색상과 배의 그림이 다르고, 각자 능력치도 다르다. 가끔은 표정이 다른 아이들도 있다. 예를 들어 아이들이 잠을 잘 자게 돕는 '베드타임베어'는 밤에 아이들의 잠자리를 돌봐주느라 잠을 못 자서 항상 반쯤 감긴 졸린 눈을 하고 있다. 항상 행복한 케어베어 중 유일하게 찡그린 표정을 하고 있는 '그럼피베어'는 무언가를 잘 고치는 능력이 있는데, 툴툴대면서도 친구들을 돕는 츤데레 타입이다. 유사한 외형에서 나오는 확실한 '유대관계', 그러면서도 자신의 능력치가 확연히 구분되는 '개성', 온 세상 아이들을 위해 능력을 사용한다는 사랑스러운 '스토리'까지. 사랑하지 않을 수 없는 캐릭터 아닌가.

살짜쿵 인형

## 최애에 대한 마음가짐, 이게 사랑일까

케어베어 수집을 시작했을 때만 해도 국내에서의 인지도가 그리 높지 않았다. 나보다 선구안을 가진 선배 키덜트들이 수집을 하긴 했어도 대중적으로 많이 알려진 캐릭터는 아니었다. 현재는 케어베어의 위상이 제법 대단하다. 카카오부터 키르시, 스파오, 다이소까지 대형 브랜드들과 꾸준히 컬래버레이션을 진행하고 있고 유아동복 브랜드에서도 컬래버레이션을 할 정도로 성인부터 아이들까지 타깃층이 넓다. 내가 올린 케어베어 리뷰 영상만 해도 80개 정도인데 조회수가 잘 나오는 편이고 어린 친구들의 시청도 많다. 부모님이 케어베어 인형을 사주신다고 해서 어떤 캐릭터를 살까 고민하다가, 내 영상을 보고 골라서 입학 선물이나 생일 선물로 받았다는 사랑스러운 후기까지 남긴다. 소수의 마니아만 향유하던 캐릭터가 모두의 캐릭터로 대중화된 것이다.

인정하고 싶진 않지만 나는 '인디병'이 있는 모양이다. 많은 사람들이 좋아한다고 하면 나까지 좋아한다고 말하기 싫어지고, 입덕을 했음에도 외면하는 이상한 성미가 있다. 하지만 그 인디

병은 케어베어에겐 적용되지 않았다. 내가 가장 아끼는 이 친구들이 많은 사람에게 사랑받으니 덩달아 뿌듯하고, 내가 낳은 아이도 아닌데 자랑하고 싶어지는 것이다.

### 색깔별로 수집했을 때의 짜릿함

나는 인형을 깔별로 정리하는 것을 좋아한다. 흰색, 핑크, 노랑, 초록, 파랑, 보라. 같은 색깔 인형끼리 모아놓으면 묘하게 다른 색감의 인형들을 한데 모아 볼 수 있고, '얘 옆에 얘가 있다고?' 싶은, 의외의 조합을 발견하는 재미도 있다. 특정 캐릭터는 그 세계관 안에서만 존재하고 소비하게 된다. 여러 캐릭터를 나만의 공간에서 나만의 기준으로 진열하면 나만의 세계관이 만들어진다. 캐릭터 인형들은 본래의 세계관을 벗어나, 각자의 세계관이 충돌하는 과정을 거쳐 수집가의 새로운 세계관에서 살아가게 된다. 그저 인형을 사서 모아두었을 뿐인데, 꽤나 그럴듯한 새로운 세계가 만들어지는 것이다.

깔별 수집의 시작이 된 것이 바로 케어베어다. 케어베어를 수집하다 보니 더 많은 캐릭터를 알게 됐고, 수집의 방향을 '캐릭터를 다양하게 수집하자'는 것으로 잡았다. 그렇게 모으고 나니 자연스레 깔별 진열을 하게 됐다.

특별히 정리 강박이 없어도 확실한 규칙에 의해 가지런히 정리된 무언가를 보는 것은 대부분의 사람에게 짜릿함을 선사한다. 그런 의미에서 깔별 진열은 다양한 인형을 가장 정갈하게 정리하는 방법이다.

같은 작품에 나오는 캐릭터끼리 모으는 것이 대부분의 수집광들이 선호하는 방법이다. 본래 세계관을 온전히 지켜주는 느낌으로, 해당 장식장 속에서 한 편의 영화가 펼쳐지는 듯한 기분을 느낄 수 있다는 장점이 있다. 하지만 한 작품 내 최애 캐릭터가 뚜렷해서 한 캐릭터 굿즈만 많아지거나, 시리즈가 너무 다양해지면 진열했을 때 균형이 깨져 보일 수 있다. 또 특정 시리즈에서 몇 제품을 모으지 못할 경우 빈자리가 크게 느껴져서 무리한 수집을 해야 할 수도 있다.

한 가지 분야에 지독하게 빠져 있다면 사이즈별로 진열하는 것도 좋다. 케어베어의 경우 세 가지(소, 중, 대) 사이즈로 나오기 때문에 동일한 사이즈끼리 진열해주면 아주 짜릿하다. 뒷 줄은 큰 사이즈, 중간에는 중간 사이즈, 앞에는 작은 사이즈. 같은 캐릭터끼리 앞뒤로 붙여주면 더 정갈해 보인다. 하지만 나는 보이는 대로 수집했던 터라 사이즈별로 진열하기 참 애매했다. 내가 아주 계획성 있게 수집을 했다면 깔별로 진열함과 동시에 사이즈별로 진열을 할 수 있었을 것이다.

나처럼 깔별로 하는 것 외에도 다양한 진열 방법이 있겠지만, 자고로 인형 진열에는 나의 수집 방향성이 반영될 수밖에 없다. 인형 수집과 인형 진열은 나의 세계관을 보여주는 창이다.

### 빈티지 인형의 매력

케어베어 이후 최근에 입덕한 비슷한 캐릭터로는 ty베어가 있다. 케어베어와 마찬가지로 미국에서 시작되었으나, 애니메이션이나 영화로 확장한 케어베어와는 달리 ty베어는 인형 판매에만 집중한 케이스다. ty베어는 나름의 판매전략으로 성공가도를 달린 사례 중 하나로 뽑히기도 한다.

ty베어의 전략은 이러하다. 미국 내 빅 마켓인 월마트나 타겟에 유통하기보다는 소매점에 판매하는 방법을 선택했다. 그리고 수많은 캐릭터를 수시로 데뷔시키고 은퇴시켰다. 굳이 개발한 캐릭터를 은퇴시키는 이유는 무엇일까. 바로 희귀성을 높이기 위해서다. 매장별로 판매할 수 있는 수를 소량으로 한정 짓고, 몇 달 만에 생산을 종료한다. 캐릭터가 얼마나 많냐면, 캐릭터 이름을 검색해서 찾아볼 수 있는 사이트가 있을 정도다. 그렇게 희귀성이 높아진 ty베어는 중고 마켓에서 판매량이 늘어났고, 한때는 이베이 매출의 10%를 차지하기도 했다.

빈티지 인형의 매력이란 뭘까. 누가 쓰던 것인지도 모르고, 어떻게 전시되던 것인지도 모르는데 어찌 집에 함부로 들일 수 있단 말인가. 이러저러한 감상을 떠나 생산이 종료되어 더 이상 새 제품을 구입할 수 없는 제품인 경우에는, 내 손에 쥐려면 빈티지로 구하는 방법밖에 없다. 무언가를 수집하는 사람들은 '중고의 찝찝함'보다 '희귀품수집' 욕구가 더 크기에 빈티지 시장에 발을 들이게 된다.

빈티지 제품에 대한 호불호는 확실해서 이런 부분이 찝찝한 사람은 절대로 구입을 할 수 없다.

하지만 한번 빈티지 제품에 맛을 들이면, 그 유일함에 매료된다면 절대 헤어날 수 없다. 내가 처음으로 이 아이의 짝이 되어 생이 끝날 때까지 함께한다는 의미도 좋지만, 새로운 친구가 되어 이 인형의 과거를 상상하며 내 손에 도달하기까지의 과정을 그려보는 재미도 꽤 쏠쏠하다. 누군가의 따뜻한 마음이 가득 담긴 선물에서, 단짝친구로, 바자회 물품으로, 그렇게 돌고 돌아 중고마켓에서 나의 손까지. 영화 〈토이스토리〉에서 장난감들이 꽤나 험난한 여행을 거쳐 앤디의 방으로 돌아오듯, 이 친구들도 내가 감히 상상할 수 없는 여정을 거쳐 내게 도달했다고 생각하면 왠지 모를 뭉클함을 느끼게 된다.

무엇보다 대량생산될 수밖에 없는 공장제 인형에서 단 하나뿐인 에디션이 되었다는 장점도 있다. 최근에 구입한 인형 중 하나는 2000년에 생산된 인형이다. 본래는 초록색 리본을 달고 출시되었지만 내게 온 인형은 다른 색 리본을 하고 있다. 인형을 구입한 소품샵 사장님께 물으니 원래 리본이 없는 상태로 들어와서, 사장님이 어울리는 리본을 달아주었다고 한다. 그렇게 그 인형

살짜쿵 인형

은 하나밖에 없는 나만의 에디션이 되었다. 여러 사람의 손을 거치고 거쳐 이 아이만의 이야기가 만들어지는 재미를 느끼는 것. 이것이 빈티지 인형의 매력이다.

# 내가 어릴 적 꿈꿨던 모든 이야기

## 모든 동심의 이상향, 디즈니

내가 해외 여행지를 고르는 1순위 기준은 '디즈니랜드'의 유무다. 미국 LA, 일본 도쿄, 홍콩 디즈니랜드까진 가봤지만 아직 프랑스 파리와 중국 상하이에 있는 디즈니랜드, 미국 올랜도에 있는 디즈니월드는 가보지 못했다. 절반이나 가보지 못해서 감히 디즈니 덕후라고 말하긴 부끄럽지만, 아직 내가 정복해야 할 디즈니랜드가 남아 있다는 사실이 키덜트의 열정과 의지를 불타게 만든다.

디즈니는 키덜트라면 한 번씩 입문할 수밖에 없다. 거대 미디어인 만큼 보유하고 있는 캐릭터도 엄청나서, '이것도 디즈니 꺼야?'라고 물을 정도다. 나는 그중에서도 아주 대중적인 취향을 가지고 있다. 디즈니 프린세스도 광범위하게 좋아하고, 클래식 영화인 〈백설공주〉, 〈인어공주〉부터 디즈니 전성기 작품인 〈라푼젤〉, 정점을 찍었던 〈겨울왕국〉까지 다채롭게 입덕했다. 나 같은 사람이 한둘이 아니라 특정 캐릭터 굿즈만 미친 듯이 모으는 덕후들도 많고, 고가의 리미티드 에디션까지 수집하는 콜렉터도 많다.

그들에 비하면 나의 수집은 미약하다. 그렇게 비싸지도 희귀하지도 않은 제품 몇 가지만 가지고 있는 수준. 그럼에도 나의 수집에 변명을 붙이자면, 그 영화들이 내게 감명을 준 그 장면, 어떤 메시지를 바로 느낄 수 있는 굿즈 위주로 선별했다는 것이다.

디즈니가 가장 잘하는 것은 '많은 사람들을 감동시킬 수 있는 스토리'다. 물론, 기가 막힌 캐릭터 디자인과 영상미도 한몫하지만. 영화에서 말하는 메시지는 복잡하지 않다. 초등학교 저학년이 봐도 이해할 수 있고 공감할 수 있는 단순하고 명확한 메시지. 조금은 힘들지만 나름대로 행복한 삶을 살다가 돌연 위기를 겪는 주인공은 반드시 모험을 거치고 그 결과 크고 작은 깨달음을 얻는다. 그리고 전과는 다르지만 또다시 행복한 모습으로 살아가게 된다. 그 깨달음은 대체로 사랑, 우정, 믿음, 정직, 선한 마음이다. 이것은 모두 사람과 사람 간의 관계에서 시작된다. 그래서 영화를 보고 나면 나의 관계들을 돌이켜보게 되고 내가 귀중하게 생각하지 않았던 나의 모든 관계들이 감사하고 사랑스럽게 느껴진다. 모든 것이 사랑스러웠던 어린 시절로 돌아가게 하는 힘. 디즈니는 모든 동심의 이상향이다.

나는 나를 동심으로 돌아가게 했던 그 장면을 떠올리게 하는 굿즈를 구입하곤 한다. 명장면의 착장을 하고 있는 피규어, 영화 속 스토리가 만들어진 과정을 담은 아트북, 주인공을 한결같은 마음으로 돕는 조력자 캐릭터의 인형. 무수한 덕후, 콜렉터, 키덜트들의 마음을 훔치는 것은 이런 것들이다. 순수한 감동을 볼 때마다 느끼게 해주는.

## 내 장난감이 살아움직인다면

나의 인생 영화는 〈토이스토리〉다. 〈토이스토리〉는 95년도에 개봉한 영화로, 픽사 최초의 장편 애니메이션이자 전 세계 최초 3D 애니메이션 영화다. 누구나 상상했을 법한 '내 장난감이 살아 움직인다면?'이라는 질문에서 시작해, 장난감들이 본래의 자리로 돌아오기 위해 고군분투하는 모험 과정을 담았다. 그 과정에서 장난감들은 주인의 애정을 독차지하는 최애 자리를 탐내거나 빼앗길까 두려워하고, 눈길을 받지 못할 때는 크게 낙담한다. 분명 제자리에 두었는데 찾으려고 하면 보이지 않다가, 어느 순간 보면 너무나 쉽고 뻔한 자리에 놓여 있는 장난감을 본 경험. 누구나 한 번쯤은 있지 않을까? 〈토이스토리〉에 의하면, 우리가 보지 못한 시간 동안 이들은 엄청난 여행을 하고 있었다. 그러다 내가 알아차리기 전에 부랴부랴 돌아와서 원래 이 자리에 쭉 있었던 척을 하고 있는 것이다.

이 영화를 좋아하는 이유는, 내가 혼자 상상하던 것을 멋지게 영화로 구현해냈다는 점이다. 나는 어릴 때도, 지금도 말도 안 되는 공상하는 것을 좋아한다. 물론 어른이 되면서 꽤나 현실적이고, 의도적인 공상이 많아지긴 했지만. 누구나 어린 시절 한 번쯤 해봤을 별것 없는 상상을 멋지게 하나의 스토리로 만들어낸 점이 나를 감동시켰다.

그리고 그 대단한 결과물이 나의 상상력을 촉진시켜, 더 많은 공상을 하게 만든다는 점도. 이 영화 덕분에 내 장난감들은 공상 속에서 모두 대단한 모험가가 되었다. 내 관심, 시선이 이들에게 대단한 의미가 된다는 생각을 하면 허투루 인형을 진열할 수 없다. 빈도가 줄어들 순 있어도 한 마리 한 마리, 구석에 있는 인형들까지 아이컨택을 하고 돌봐주려 노력한다. 이따금씩 배치도 바꿔주고 먼지도 털어주며 애정을 보여준다. 그 누구도 서운해하지 않았으면 해서. 이것은 곧 나에게 돌아온다. 내가 인형을 사 모으고, 진열하고, 돌봐주는 과정이 의미 없는 것이 아니라는 확신.

또 하나 〈토이스토리〉가 좋은 점은 하나의 물건에, 한 사람에게 담긴 스토리를 상상하는 재미는 준다는 점이다. 출퇴근길 지옥버스, 지옥철에 실려 있다 보면 '이 사람들은 모두 어디에서 와서 어디로 가는가' 하는 생각이 든다. 내가 들고 있는 인형, 폰케이스, 파우치의 외형적 귀여움 외에, 그 속에 담긴 스토리, 그러니까 이 제품을 처음 보고 어떤 기분이 들었고, 왜 구매를 하게 되었고, 이것과 함께한 추억이 어떤 것이 있는지 등의 이야기

살짜쿵 인형

가 나의 취향을 구성한다. 나의 취향들이 모이고 모여 나라는 사람을 만들고, 내 속에는 이렇게 모인 무수한 이야기가 가득하다. 내가 그러하듯 남들도 그러할 것이다. 나에게는 스쳐 지나가는 행인1에 불과하지만 그가 들고 있는 소지품에는 내가 모르는 깊고 얕은 여러 이야기들이 깃들어 있다. 행인1에게도 무수한 이야기들이 있다. 사람들 틈바구니 속에서 나는, 그들이 가진 숱한 이야기들을 맘껏 상상해본다.

〈토이스토리〉는 그런 상상을 더욱 확장하게 만든다. 내 방구석에 처박혀 먼지가 수북한 저 인형도, 사실은 내 곁을 지키기 위해 어젯밤 대단한 모험을 다녀왔다고. 상상력을 더하지 않았다면 그냥 내 소장품 중 하나로 끝이었겠지만, 조그만 상상을 더하는 순간 그의 가치는 배로 커진다. 우리들이 이야기로 구성되어 있듯 나의 인형들도 각자의 '스토리'가 있는 것이다. 처음 기획되었을 때부터, 한낱 천과 솜덩어리에서 지금의 귀여운 외형을 갖게 되고, 유통채널로 이동하여 선택받기 위해 진열되고, 어찌저찌 나의 손에 들어오기까지의 과정. 그리고 내게 좋고 싫음이 존재하듯, 이 인형에게도 취향이 존재해서 나의 인형방 안에서도 선호하는 자리가 있다든지. 나와 함께 한 세월 동안 우리의 추억이 이 인형에게 어떤 의미였을지. 나에게서 인형으로만 향하는 일방향적 관계가 아니라, 이 인형도 하나의 객체로서 이야기를 가지고 있고, 그렇게 너와 내가 이어진다는 기분을 느끼는. 〈토이스토리〉가 주는 상상력은 이런 가치를 지닌다.

### 매번 내가 듣고 싶었던 이야기를 해주는 영화들

내가 가장 많이 본 영화는 바로 〈엔칸토〉다. 비교적 최근에 개봉한 디즈니 장편 애니메이션 영화로, 여타 디즈니 콘텐츠 중에서는 인기가 낮은 편이지만 나에게 가장 큰 감동을 줬다.

대부분의 영화가 그렇지만, 디즈니의 영화들은 특히 그들만의 공식이 있다. 주인공은 누군가에게 무시 혹은 멸시, 남들과는 다르다는 감정을 느끼고 모험을 떠난다. 그 모험을 마치 내가 하는 것처럼 숨차게 따라가다 보면 어느새 영화는 끝이 난다. 내 모험인 양 몰입해 있다가 갑자기 빠져나오면 뭔가 결말에서 김이 새는 기분을 느낄 때

살짜쿵 인형

가 간혹 있다. 그래서 디즈니 영화는 여러 번 감상하며 영화의 메시지를 곱씹어 보는 것이 좋다.

중요한 건, 그 메시지들이 대단한 것이 아니라는 점. 자매 사이의 '서로를 위하는 마음, 진정한 사랑'을 다룬 〈겨울왕국〉도 결국 '가족애'에 대한 이야기. 내가 태어난 목적, 살아가는 목적이 있을 거라 생각하며 무언가를 기다려왔지만, 결국 우리는 삶을 즐기기만 하면 된다고 말하는 영화 〈소울〉. 처음에 보고 나면 '엥, 저게 끝이야?' 싶을 수 있지만, 여러 차례 돌려보며 영화가 말하고자 하는 메시지를 생각해보면 은은하게 마음에 잔상이 남는다.

나에겐 〈엔칸토〉가 특히 더 마음에 남는 영화였다.

동그란 안경을 쓴 주인공의 외형에서 나와 비슷한 느낌을 받기도 했지만, 평생 '나는 부족한 사람'이라고 생각하며 언젠가 나도 능력 있는 사람이 되기를, 평생 '지금과는 다른 나'를 기다려온 사람이라는 점에서 동질감을 느꼈다. 주인공 미라벨은 대단한 집안 소속이다. 가족 구성원들이 모두 '기적'을 부여받아 초능력을 가지고 있다. 미래를 보거나, 사람을 치료하고, 강한 힘을 가지고 있다. 하지만 미라벨은 남들보다 조금 뻔뻔한 것 외엔 초능력이 없다. 그 뻔뻔함 마저도 사실은 열등감을 숨기기 위한 것이지만.

미라벨은 각자의 이유로 힘들어하는 가족들에게 힘이 되는 존재지만, 마음속 깊이 그들에 대한 동경과 질투를 품고 있다. 언젠간 내게도 기적이 오길 기다리면서 내 능력은 무엇일까 상상해보기도 한다. 반면 초능력을 가지고 있는 가족들도 마냥 편한 입장은 아니다. 끊임없이 나의 능력을 보여주어야 하고, 주변의 기대에 부응해 그들의 요구를 맞춰주어야 한다. 그러다 보니 '진짜 내가 하고 싶은 것'은 덜 중요한 것으로 여기고, 타인들이 원하는 나의 모습으로 외관을 꾸며간다.

영화 〈엔칸토〉가 내게 잔상을 남긴 구절은 두 가지다.

"내 능력이 나의 전부는 아니다."

"나 자신을 바라보자."

나는 항상 유능하고, 열정적인 모습으로 내 삶

을 채우기 위해 혈안이 되어 있다. 스스로를 끊임없이 채찍질하고, 아무런 생산적인 활동을 하지 못한 날에는 자신을 질책하며 반성한다. 무언가를 만들어내지 못하는 나, 능력을 입증하지 못한 나는 무가치하다고 느꼈다. 정확히 말하자면 타인들이 나를 무가치하다 여길까 두려워하는 것이다. 영화에서 말하듯, 나의 능력이 나의 전부는 아니다. 내가 가진 능력이 평생 있을 것도 아니고, 나의 전부를 설명할 수 있는 요소는 더더욱 아니다. 나를 이루는 무수한 요소 중 하나일 뿐. 나의 능력을 보고 나를 사랑하는 이도 있겠지만, 그 외의 요소들에 의해 내게 호감을 느끼는 사람도 있을 것이고, 아무 이유 없이 나를 아끼는 사람들도 존재한다. 모든 사랑이 순수하고 무한한 것은 아니나, 나를 사랑하는 이유는 무수히 많을 것이다.

무엇보다 나를 가장 사랑해야 하는 사람은 '나'임에도, 단 한 번도 그러지 못했다. 나는 항상 졸업반 선배들을 바라보는 신입생의 마음으로, 나도 졸업반이 되면 저 언니들처럼 뭐든 능숙한 존재가 될 것이라 막연히 기대했다. 실상 그들이 신입생인 나와 별반 다르지 않음에도, 한없이 부족한 현재의 나와는 다른 존재라 마음대로 판단했다. 그리고 내가 졸업반이 되었을 때는 또다시 그 위의 선배들을 바라보며 지금의 나와는 확연히 다른 나를 기다렸다.

하지만 아무리 기다려도 그런 '기적'은 오지 않았다. 미라벨의 기다림 끝에도 대단한 기적은 존재하진 않았다. 타인들이 나를 똑바로 바라봐 주길 바라기 전에, 내가 나를 먼저 직면했어야 한다는 것. 오직 나만이 나를 온전히 사랑할 수 있고, 내가 기다릴 것은 오로지 '나를 온전히 사랑하는 나'뿐이라는 것. 미라벨과 나는 놀라운 기적과 빛나는 능력 대신 온전한 '나'를 만났다.

살짜쿵 인형

# 내 손 안, 나만의 세계

**장롱면허지만 미니카를 모읍니다**

아직 양은 많지 않지만, 5년 전부터 미니카를 수집하고 있다. 내가 좋아하는 캐릭터 모티브의 미니카부터, 실제로 존재하는 차 모델을 축소해 놓은 미니카까지. 가장 비싸게 산 미니카는 일본 중고매장에서 9만 원 주고 사 온 벤츠 제품으로, 20년 전 3천 대 한정으로 생산된 시리즈다.

인생 처음 미니카 장난감을 보았을 때의 기억이 선명하다. 어린 시절, 아빠를 따라 옆 동네의 박물관에 갔을 때였다. 그곳은 여러 발명품을 전시한 곳이었는데, 언니와 나는 홀린 듯이 박물관 이곳저곳을 둘러보았다. 실제 크기의 물건도 많았지만, 자동차 같은 대단한 발명품은 장난감 사이즈로도 여러 대 전시되어 있었다. 현대 과학기술의 집약체이자, 심플하지만 화려하고 우아하며 힘 있는, 자동차만이 가진 '멋짐'을 표현해낸 장난감이라니. 빠져들지 않을 수 없다.

미니카 수집 세계도 꽤나 심오해서 자신의 드림카나 좋아하는 제품 라인업, 레이싱 경기 우승제품을 수집하는 경우가 많다. 하지만 내가 미니카를 모으는 기준은 아주 단순하다. 오로지 작고 귀여운 맛. 면허는 있지만 다섯 번의 탈락 끝에 겨우 땄고, 10년 동안 장롱에 쳐박혀 있다. 자동차 브랜드는 물론이고 자동차에 대한 기본 상식조차 없다. 하지만 수집에는 필요한 자격이 없다. 면허가 있든 없든, 자동차에 대해 잘 알든 모르든 상관없다. 그냥 내가 좋으면 모으는 거지.

나는 그저 듣기에 좋은 브랜드, 그러면서 다같이 진열했을 때 멋질 것 같은 제품으로 마구잡이 수집을 했다. 미니카에 미쳤을 때는 일본 여행 가서 토미카 제품만 몇십만 원어치 구입하기도 했다. 심지어는 이미 산 걸 또 사기도 했다. (중복으로 구입한 건 주변 아이들에게 기부했다) 그렇게 나만의 주차장을 만들었다. 전문적으로 미니카를 수집하는 사람들은 각자의 기준대로 진열하겠지만, 나는 그저 깔별로, 혹은 귀여운 애들끼리 모아

살짜쿵 인형

진열했다. 이 제품의 탄생이나 가치에 대해선 고려하지 않고 그저 심미성만 따졌다는 의미다. 수집의 세계는 심오하지만, 수집의 방식은 너무나 다양하기에 나는 내 맘대로 전시를 하기로 했다.

### 자그마한 너희들의 세계

나의 주력 분야는 봉제 인형이다. 폭신하고 말랑하며 찌그러진 듯 귀여운 맛을 사랑한다. 하지만 어쩔 수 없는 공간의 한계로, 봉제 인형 덕질에 제동이 걸렸다. 나는 안기 좋은 큼직한 인형들을 가장 좋아하지만 그런 인형만 사서는 내 인형방이 버티질 못했다. 공간의 제약이 생기자 나는 부피를 덜 차지하는 피규어로 눈길을 돌렸다.

처음에는 내게도 익숙한 사람 캐릭터 피규어 위주로 수집을 했다. 세일러문, 카드캡터체리 같은 추억의 만화 캐릭터들. 하지만 이상하게도 나는 팔다리가 길쭉하고 살갗이 많이 노출된 사람 피규어는 어딘가 불편했다. 어릴 적 추억을 되새기며 몇 개씩 구입하긴 했지만, 너무나 짧은 치마, 그 밑으로 훤히 보이는 속옷들이 순수하디순수한 나의 인형방에 이질적이라는 생각이 들었다. 내가 본래 좋아하는 '귀여운 맛'이 잘 살아난 피규어를 모으기로 수집 방향을 정했다.

피규어의 세계는 인형의 세계만큼 다채롭다. 인형은 소비 계층이 넓은 데서 오는 다양성이 있고, 피규어는 심도 있는 마니아층의 세계에서 오는 다양성이 있다. 캐릭터 IP를 보유하고 있는 곳이라면 피규어는 기본으로 출시한다. 캐릭터를 실제로 구현할 때 봉제 인형은 소재의 한계로 제약사항이 많고 싱크로율도 떨어지지만, 피규어는 애니메이션 속 모습 그대로, 최대한 가깝게 구현하고자 하기 때문에 싱크로율이 높아 이 부분에 대한 만족도가 높다. 작품 속 주요 캐릭터들을 미니미 버전으로 진열하면, 명장면이 자동으로 플레이되면서 그때의 감동이 되살아난다.

물론 애니메이션(혹은 영화) 속 모습과 100%에 가깝게 일치한 피규어는 참으로 멋지다. 그러나 내 취향은 어딘가 삐뚤어져 있는 것인지 어딘가 부족하게 생긴, 싱크로율이 떨어지는 피규어도 좋아한다. 자립이 어려울 정도로 머리가 크거나, 평소와는 다른 옷을 입고 있거나, 원작보다 오버스럽게 구현되어 캐릭터의 매력이 더욱 강조되

살짜쿵 인형

는 그런 형태. 항상 완벽한 모습이던 친구가 술에 거나하게 취해 평소와 다른 모습을 보여줄 때 느끼는 마음과 비슷할 것이다. 싱크로율 높은 피규어가 '기본템'이라면, 내 취향의 친구들은 '스페셜 에디션'이라는 느낌. 그들은 작은 세계 안에서도 다채롭게 변화하며 끊임없이 세계관을 확장시킨다. 너무나 작고 아담하며 한 손에 잡히는, 다채로운 세계.

## 인형만을 위한 가구

최근에는 악마의 수집이라고 불리는 '실바니안'에 빠졌다. 원래는 캐릭터 인형만 몇 개 사 둔 정도였는데, 인형집, 인형 가구의 세계에 발을 들이고 말았다. 나름 정갈하게 인형 진열하는 것을 좋아해서, 인형집을 사기보다는 장식장에 차곡차곡 진열하는 스타일이었는데, 아이와 놀러간 키즈카페에서 거대한 인형집을 발견하고 말았다. 3층짜리 인형집에 알록달록 꾸며진 방, 그 방 안에 채워진 작디작은 가구들. 이전에는 '실제로 앉을 수도 없는 소파를 왜 사. 내 인형은 예쁘게 서 있기만 하면 되는데, 인형 소파는 필요 없어'라고 생각했다. 그러나 본인에게 너무나 어울리는 소파에 누워 있는 인형을 보니, 오롯이 이 인형을 위한 공간이 있다는 것이 꽤나 만족스러웠다. 마치 내가 좋아하는 인형이 가득한 인형방에서 내가 가장 행복한 것처럼, 나의 인형들 역시 가장 자신다울 수 있는 공간에서 가장 행복해 보였다.

인형 가구 수집의 무서운 점은 끝이 없다는 것이다. 내가 가장 먼저 구입한 것은 집이었다. 하우스푸어가 즐비한 현실세계에서 나는 아주 저렴하게 인형집을 구입했다. 중고시장을 통해 정가 10만 원 이상의 제품을 1~2만 원 정도에 구입했다. 아주 합리적인 가격으로 나의 인형들은 다주택 보유자가 되었다. 그리고 여기저기서 사 모은 가구들로 인형집을 채워가기 시작했다. 가구의 크기는 제각각이지만, 내가 가진 무수한 인형, 피규어 중에는 이 가구에 꼭 맞는 친구들이 반드시 있었다. 내가 좋아하는 인형에게 딱 맞는 가구를 발견했을 때, 그 반대로 아주 귀여운 가구에 딱 맞는 인형을 찾았을 때의 즐거움이 제법 쏠쏠했다. 원래 짝이 아닌 것들을 한데 모아 조화롭게 만드는 일. 그렇게 나만의 작은 인형집이 채워졌다.

무엇보다 좋은 것은, 인형집이 아이에게 최고의 장난감이 되었다는 점이다. 인형집에 어울리는 가구와 인형을 찾는 일은 대부분 아이와 함께했다. 아기에게 귀여운 침대를 보여주고, 여기에 누구를 눕혀줄까 물어보는 것이다. 그럼 아기는 여러 사이즈의, 여러 동물 인형을 가져오며 침대에 눕히기 좋은 친구를 고른다. 그렇게 딱 맞는 친구를 발견하면 우리는 함께 기뻐한다. 그리고 우리는 우리만의 이야기를 만들기 시작한다. 이 친구는 집 밖에서 미끄럼틀을 타고 놀다가, 사다리를 타고 2층으로 올라와 침대에 누운 거야. 옆에 있는 이 친구도 같이 눕자고 해볼까? 아기는 인형들과의 대화를 통해 여러 일상의 이야기를 만들어냈다. 평소 내가 아기에게 했던 말을 인형에게 건네기도 하고, 엄마 아빠와 있었던 일을 작은 인형과 인형집 안에서 구현해내기도 했다. 우리의 인형집에서 우리의 이야기가 끝없이 이어졌다.

내가 직접 쓰지도 못하는 가구, 인형만을 위한 가구가 내게 어떤 의미가 있을까 싶었다. 인형에게 가장 어울리는 공간을 만들어주는 것. 우리가 온전히 만들어낸 공간에서 펼쳐지는 우리의 이야기. 작은 인형집에는 우리의 작은 이야기들이 꼭 꼭 숨어 있다. 끝없이 이어지면서.

# 언제든 그때의 나에게로
# 돌아갈 수 있게

## 마그넷의 용도

전시회나 굿즈샵에 가면 인형, 피규어 외에도 일상생활 속에서 써먹기 좋은 실용템을 판매하는 경우가 많다. 실용템 중 가장 나의 취향인 것은 마그넷이다.

인형 수집에 따르는 공간의 제약과 실용성에 대한 의문 끝에 나는 마그넷을 수집하기로 했다. 공간도 차지하지 않고 무겁지도 않으면서 가격도 저렴하고, 이곳저곳 쓸모도 많다. 물론 볼펜이나 노트 같은 것이 사용빈도는 더 높겠지만, 원작의 아름다움을 해치지 않으면서 적당한 사용빈도를 가진 마그넷이 가장 매력적인 실용 굿즈라고 할 수 있다. 감성이 없는 이들에게는 마그넷도 인형과 별다를 바 없겠지만 마그넷에는 매우 많은 용도가 있다.

먼저, 마그넷의 본 용도인 부착의 의미. 냉장고에 붙여놓고 싶은 엽서나 메모 등을 고정하는 데 사용할 수 있다. 인간은 망각의 동물이라 매일 보지 않으면 마음에서 잊혀지는 습성이 있다. '내가 최고'라는 주입식 메시지, 친구가 써준 사랑 넘치는 편지, 가족들과 남긴 추억의 사진까지. 냉장고에 붙여두고 매일매일 들여다봐야 하는 소중한 메시지들이 있다. 마그넷은 내가 잊지 말아야 할 자기 신뢰, 소소하지만 행복했던 추억을 그 자리에 고정해 주는 아주 중요한 기능을 하고 있다.

두 번째는 추억 여행의 의미. 마그넷은 해외여행 기념품으로 아주 제격이다. 파손 위험도 적으면서, 캐리어를 많이 차지하지 않는 부피와 무게, 그러면서도 여행지에서의 추억을 완벽히 되돌려 놓는 마법 같은 기능을 갖고 있다. 마그넷에 들어가는 이미지는 대체로 크나큰 상징성을 가지고 있다. 여행지와 관련된 마그넷이라면 그 도시의 랜드마크, 영화나 전시 관련 마그넷이라면 그 작품의 대표적인 한 컷이 포함된다. 내가 기억하고 싶은 무언가의 대표적이자 상징적인 한 컷을 담아낸 정수. 그 한 컷을 보는 것만으로도 우리는 감동이 가득했던 그 순간으로 돌아갈 수 있다. 아주 손쉬운 방법으로.

마지막은 수집의 의미. 마그넷만큼 진열이 쉬운 제품은 없다. 우리 집 냉장고는 마그넷을 위해 존재하는 것 같다. 양문형 냉장고를 쓰던 시절, 냉장 냉동 할 것 없이 양쪽 문이 마그넷으로 가득했다. 내 손이 겨우 닿는 윗면부터, 아기의 공격을 받기 쉬운 가장 아랫면까지. 냉장고에 마그넷을 붙이면 전기세가 많이 나온다는 괴담도 들었지만, 전기세 따위는 내게 중요한 것이 아니었다. 나에게 많은 것을 떠올리게 하는 멋진 마그넷을, 가장 잘 보이는 곳에 전시하기 위해서라면. 그 이후 에어드레서를 제2의 마그넷 전시장으로 쓰기 위해 집에 들이기도 했다.

이사 오면서 냉장고를 새로 구입하게 되었는데, 마그넷을 붙일 수 없는 제품이었다. 마그넷을 붙일 수 없는 냉장고라니. 냉장고의 본질은 마그넷 전시인데 당연히 마그넷 부착이 가능한 냉장고를 사야 하지 않나? 하지만 냉장고 문짝은 자고로 깔끔한 게 제맛이라는 남편의 요구에 우리 집

냉장고는 본연의 기능을 잃고, 나의 마그넷들은 집을 잃게 되었다. 그래서 이번엔 제대로 된 마그넷 진열 공간을 마련했다. 스탠드형의 자석 타공판. 200개가 훨씬 넘는 나의 마그넷들을 품을 수 있는, 세로 길이 1m를 훌쩍 넘는 대형 사이즈로. 제대로 된 마그넷 진열 공간이 생기자 나는 기다렸다는 듯 마그넷을 멋지게 붙여댔다. 마그넷은 아이도 붙였다 떼었다 하기 쉬워서 뜻밖의 놀이 도구가 되기도 했다. 아이와 순식간에 몇백 개의 마그넷을 모두 붙였다.

### 하나뿐인 나만의 마그넷

심지어 나는 다른 제품을 마그넷으로 만들기 시작했다. 워낙 똥손이라 대단한 손기술을 발휘할 순 없지만, 자석 조각을 몇 개 사서 제품에 붙여주면 된다. 전시회를 보러 가면 대표 작품들로 만든 작은 마그넷을 구매하기도 하지만 가끔은 더 저렴하고 크기는 큰 엽서를 구입해 뒷면에 마그넷 조각을 붙여주었다. 그럼 자력은 약하지만 전시용으로는 훌륭한 DIY 마그넷이 된다.

전시회뿐 아니라 귀여운 캐릭터 팝업스토어

살짜쿵 인형

에 방문했다가 받은 종이 티켓이나, 선물로 받은 엽서도 나의 하찮은 손길을 거쳐, 그럴듯한 마그넷으로 재탄생했다. 마그넷으로 만들지 않았다면 서랍장 어딘가를 뒹굴다 구겨져 사라졌을 아이들이, 간단하게 마그넷으로 재탄생해 멋진 전시품이 된 셈이다. 나의 추억, 누군가와의 기억, 어느 날 겪었던 마음과 기록들이 마그넷으로 남는 것이다. 어디서도 살 수 없는 나만의 보물.

인형처럼 깔별 진열하기도, 정갈하게 붙이기도 어려운 각기 다른 형태의 마그넷들. 아무런 통일성도 규칙도 없는 진열이지만 마그넷 하나하나 들여다볼 때마다, 언제 어디서 구입했는지 선명히 기억난다. 나의 온갖 추억이 다닥다닥 붙어 있는 나만의 장식장. 너무나 소란스럽고 소중한 나만의 추억들.

# 조그맣고 완벽한 행복

### 조악한 나의 보물

나의 첫 오르골은 할머니가 시골 오일장에서 사다 주신 회전목마 오르골이었다. 바닥에 쪼그려 앉아 잡화를 파는 할머니에게서 사 온, 어딘가 조악한 느낌이 나는. 멀리 떨어져 사는 나를 생각하며 할머니는 오르골을 사두었고, 내가 친정집에 내려갔을 때 꺼내어 건네주셨다. 나는 신나서 몇 번이고 태엽을 돌려 구슬픈 멜로디를 감상했다. 신나게 집으로 들고 와서는, 당시 남자친구(현 남편)에게 자랑한답시고 꺼내다가 회전목마 말 중 한 마리가 또각 부러져 버렸다. 고작 세 마리가 들어 있는 작은 오르골인데 벌써부터 한 마리가 부러지다니. 은근히 붙이기도 어려워서 그냥 두 마리만 남은 채로 그렇게 내버려두었다.

그렇게 나는 오르골 수집을 소소하게 시작했

다. 개수는 많지 않지만, 음악의 도시라는 잘츠부르크에서 작은 뮤직박스를 몇 개 사거나, 오르골당이 밀집해 있는 오타루에 가서 작고 아기자기한 캐릭터 오르골을 사 오기도 했다. 오르골은 다른 제품에 비해 여러 개 수집하지 않았는데, 멜로디의 종류가 그리 다양하지 않기 때문이다. 클래식에 관심은 있지만 기억력이 짧아 곡명을 모르는 내게는, 그냥 어디서 들어보았던 멜로디가 여기서도, 저기서도 나오는 것이 그다지 마음에 들지 않았다. 오르골은 음악 기능을 탑재한 섬세한 피규어에 가까웠다. 오르골의 멜로디는 제품의 분위기와 어울리지 않는 경우도 많다. 누가 봐도 앙증 맞고 귀여운 외관에, 너무나 구슬픈 곡조가 흘러나온다. 게다가 너무나 부서지기 쉬운 약한 내구성까지.

이러한 단점들에도 불구하고 오르골은 분명 매력적인 수집품이다. 태엽을 감아 노래가 나오면 순식간에 침착해지는 기분, 왠지 모르게 감성에 빠져드는 멜로디, 귀중하게 모셔왔을 그 마음. 할머니가 돌아가신 뒤, 할머니의 물품은 모두 처분했지만 할머니께 선물로 받은 그 오르골만큼은

내 오르골 장식장에서 가장 잘 보이는 곳에 모셔
두었다. 비록 두 마리밖에 남지 않은 조악한 오르
골이지만, 할머니가 주름진 손으로 잡다한 장바
구니 속에서 고이고이 지켜서 가져다준 그 마음
이, 구슬픈 멜로디와 너무나 어울린다.

### 성가신 아름다움

스노우볼도 오르골 못지않게 까다로운 수집
품이다. 이사를 갈 때마다 꼭 하나씩은 깨먹어버
린다. 아이가 태어난 뒤에는 위험한 전시품 1순위
가 되어, 아이가 절대 손을 댈 수 없는 가장 높은
곳에 진열해야만 한다. 스노우볼의 가장 큰 문제
점은 내가 직접 스노우볼을 집어 들어, 거꾸로 들
고 흔들어주어야 비로소 제 역할을 한다는 것이
다. 버튼을 누르면 알아서 빤짝이들이 움직이는
제품도 더러 있다고 하는데, 내가 가지고 있는 스
노우볼은 죄다 수동적인 아이들이다.

스노우볼은 얼마나 나약한 녀석들인가. 너무
추운 날에는 안에 있는 물이 얼어서 뿌옇게 되기
도 하고, 싸구려 제품은 몇 년 뒤 물이 누렇게 변

살짜쿵 인형

하기까지 한다. 한 번이라도 떨구는 날에는, 다시는 돌아올 수 없는 강을 건너기도 한다. 만약 빤짝이가 많이 들어 있는 제품이라면 치우는 과정도 굉장한 스트레스다.

내가 수집한 스노우볼의 대부분은 시어머니가 주신 것들이다. 시어머니는 자신이 근무하는 매장에서 새롭게 출시한 스노우볼 제품을 보고, 며느리인 내 취향일 것이라 생각해 모든 제품을 구입해 선물로 주셨다. 내가 좋아하는 모습을 보고 그 이후로도 새롭게 스노우볼이 출시되는 날이면, 제품을 구입해 보내주시곤 하셨다. 스노우볼은 아무리 저렴해도 1개에 만 원 이상이고, 잘 만들어진 제품은 훨씬 비싼 가격에 판매된다. 게다가 한두 개도 아니고 10개가 넘는 스노우볼을, 너무나 나약하고 쓸잘데기 없는 그 물건을 며느리가 좋아할 것을 기대하며 사다 주시는 것이다. 여유롭지 않은 재정 상황에서도 나를 위해 몇십만 원을 쓰신 그 마음이, 스노우볼의 빤짝이를 볼 때마다 떠오른다.

어머님의 그 순수한 마음이 참 좋아서, 선물로 받은 스노우볼은 박스도 하나 버리지 않고 그대로 모셔두었다. 스노우볼은 자신의 박스 안에 있어야 가장 안전하다. 이사할 때마다 하나하나 넣어서 포장하기 위해 부피를 심각하게 차지함에도 불구하고, 모든 박스를 보관 중이다. 덕분에 다른 싸구려 스노우볼들은 이사 올 때마다 빤짝이를 휘날리며 명을 달리했지만, 어머님의 스노우볼들은 굳건히 목숨을 보전 중이다.

무수한 단점이 있기에 오르골과 스노우볼은 선물로 참 좋은 아이템이다. 무겁고, 부피 크고, 잘 부러지는 나약한 녀석들임에도 받는 사람의 웃는 얼굴 한 번 보기 위해 참아내는 마음. 처음 마주했을 때 눈을 뗄 수 없게 만드는 화려한 외관. 때로는 귀찮기도 하지만, 사실은 무엇보다 간단하게 처음 만난 그 순간으로 돌아가게 만드는 장치들. 조그맣지만 그 완벽한 행복감이 오르골과 스노우볼의 가치를 만든다. 선물하는 이와 받는 이의 마음을 벅차오르게 만든다.

살짜쿵 인형

# 멋진 포기

## 하찮은 위로가 나를 구할 때

내가 동경하는 사람들이 있다면, 그림을 잘 그리는 금손들이다. 나도 어릴 땐 꽤나 그림 잘 그린다는 말을 들었던 것 같은데, 어느새 나는 사람 몸뚱아리 하나 제대로 그릴 수 없는 똥손이 되었다. 이상하게도, 내가 요즘 좋아하는 작가들은 똥손과 금손 사이 어딘가에 있는 느낌이다. 분명 금손임에는 틀림없는데, 그림체가 묘하게 하찮다. 그그림의 가치가 하찮다는 것이 아니라, 그림의 선이나 색칠이 그다지 꼼꼼한 느낌이 아니라는 의미다. 이전의 일러스트 작가들은 잘 다듬어진 선으로 완벽하게 그려진 작품을 선보이고자 했다. 요즈음 각광받고 있는 일러스트 풍의 하나는 '하찮음'이다. 대충 그린 듯 삐뚤고 지저분하지만, 그래서 더 매력 있는 하찮음. 뭔가 우스워 보이지만

'찐 똥손'들은 따라 하기 어려운 그 묘한 분위기.

　그중 내가 가장 좋아하는 작가는 최고심이다. 내가 최고심 짤을 친구들에게 보내면, '최고심이 너냐'고 묻곤 했다. 나와 같은 최 씨인데다, 어딘가 나와 분위기가 잘 어울렸기 때문인 듯하다. 친구들의 말에 나는 괜히 뿌듯해하며 '나 아니야, 되게 인기 많은 작가님이 그린 거야'라고 답한다. 나의 대답처럼 최고심 작가는 내 또래 사이에서 인기가 좋다. 인지도 높은 브랜드들과 컬래버레이션 제품을 출시하기도 하고, 팝업스토어가 오픈되면 몇 시간이고 웨이팅이 있을 정도다.

　이러한 인기 추세와 어딘가는 어울리지 않게, 최고심 캐릭터는 참 소박하다. 정말 펜으로 대충 휘갈겨 그린 듯한 그림체에, 캐릭터들은 항상 찌그러진 얼굴이다. 무엇보다 그림과 함께 적힌 문구들이 대단히 소박하다. 'YOU ARE ZZANG', '꿈은 이루어진다', '뭐 어때용' 처럼, 참 별것 아닌 문구들이 적혀 있다. 최고심이 전하는 메시지의 핵심은 '얼렁뚱땅', '나는 짱' 두 가지다. 그림체 자체가 얼렁뚱땅 그린 느낌인 데다, 항상 '넘어져도 괜찮다'고 말하는 멘트들이 묘하게 위로가 된다. 게

　　　　　　　　　　　　살짜쿵 인형

다가 '짱'은 정말 구시대적인 단어인데도, 이상하게 힘이 된다. '나, 짱이지?' 초등학생 때나 말해봤을 근거 없는 자신감 넘치는 물음이, 최고심에겐 자연스럽다. 뻔뻔하게도 어울린다. 스스로에게 난 잘될 수밖에 없다고 주문을 걸듯이, 최고심은 우리에게 끊임없이 주입시킨다. 때로는 게으르게 누워 있고 포기할 때도 있지만 난 뭘 해도 멋지다고. 지금은 넘어져 있어도 금방 일어서면 되는 일이고, 행운이 오백만 개 올 거라고 주문을 걸면 반드시 올 것이라는 확신까지.

## 당당하게 비웃기

나는 원체 나약한 심성을 가지고 태어난 것 같다. 감정적이고 뻔뻔하질 못한 성정이라 누군가 나에게 근거 없는 비난을 하면 금방 시무룩해진다. 각종 사회생활로 단련되어 짐짓 괜찮은 척하지만 사실은 괜찮지 않다. 누군가 나를 지적하면 속으로 부들대며 화를 삭인다. 그런 내게 필요한 건 당당하게, 때로는 뻔뻔하게 누군가의 지적을 비웃을 수 있는 자신감이다.

내가 요즘 꽂힌 캐릭터들은 묘한 공통점을 가

지고 있는데, 참으로 뻔뻔하다는 점이다. 소위 요즘 아이들, MZ세대 사이에서는 '갓생산다'는 표현과 함께 '알빠임?'과 '뭐 어때용' 마인드가 대세다. 그 누구보다 열정적으로 갓생을 살아가는 이도 어느 날에는 쉬어 가고 싶은 때가 있다. 그럴 때는 누가 지적질을 하든 '잠깐 좀 쉬면 뭐 어때용. 아무것도 안 하면 뭐 어때용.'이라고 응수하는 것에 나는 꽂혔다. 어떤 캐릭터는 그런 지적질에 맹렬한 욕으로 대꾸를 하기도 하고, 언뜻 부처님 같은 미소지만 한쪽만 올라간 입꼬리로 은은하게 비웃기도 한다. 내가 최근에 구입한 국내 일러스트 작가들의 인형과 스티커를 보면 모두 비슷한 느낌이다. '맑은 눈의 광인'. 누가 무엇을 말하든 내가 정한 대로 움직이겠다는 자신감, 뻔뻔함, 당당함.

나이, 지위고하 관계없이 자신이 생각하는 바를 당당하게 이야기할 수 있는 요즘 시대, 그럼에도 '요즘 애들이란'이라는 시선에 눈치 보는 우리들에게 이 뻔뻔한 캐릭터가 주는 힘은 의외로 강하다. 누구든 진위 여부를 떠나 지적을 받는 순간 기분이 나쁘고 주눅 들기 마련이지만, 이럴 때일

살짜쿵 인형

수록 우린 뻔뻔해져야 한다고 말하는 이들의 눈빛과 입꼬리. 중요한 건 그 누구의 말에도 꺾이지 않는 마음이고, 한 번쯤 꺾였어도 뻔뻔하게 계속 나아가는 태도니까.

# 랜덤의 맛,
# 다시는 벗어날 수 없을지니

**비합리적인 소비의 행복**

유튜브에서 유독 잘 먹히는 소재가 있다. 바로 '랜덤'. 랜덤박스부터 랜덤피규어까지 무수히 쏟아지는 랜덤 제품들은 대단한 상업성을 가지고 있다. 스스로 선택할 수 있는 권한을 가지고 내가 원하는 바로 그 제품을 살 수 있는 일반적인 방식과 다르게, 내게 그 어떠한 선택권도 주지 않으면서 그렇게 저렴하지도 않은, 때로는 더 비싼 가격으로 판매되기도 하는 참으로 비합리적인 판매방식. 그럼에도 랜덤의 맛을 본 자는 다시는 이전으로 돌아갈 수 없다.

나는 개인적으로 랜덤 요소를 좋아하지 않는다. 누가 봐도 과소비를 하고 있는 사람이긴 하지만 나름 나의 모든 구매는 합리적인 판단하에 이뤄진다. 이 판매처가 최저가인지, 이 인형의 가격이 정말 합리적인지, 내게 주는 행복값이 이 가격보다 높은지. 인형 구매에 있어선 박애주의가 발동되긴 하지만 여러 모델 중 내 취향을 고르고 고르는 맛이 있기 때문에, 내게 그 어떤 선택권도 없는 랜덤 제품은 내게 그다지 매력이 없다.

그럼에도 내가 랜덤의 매력을 알게 된 것은 친구들을 통해서였다. 나와 취향이 비슷하면서도 조금씩 다른 키덜트 친구들은 소위 '랜덤에 미친 자들'이다. 지나가다 랜덤백이라고 하면 냅다 집어 오기도 하고, 어느 샵에서 랜덤박스를 판매한다고 하면 판매시작 시간 알람까지 맞췄다가 구매하기도 한다. 그리고 대다수의 경우 그 안에서 자신의 취향이 아닌 제품을 만난다. 그럴 때면 실망스러운 기색을 숨기지 못할 때도 많지만, 오히려 자신의 취향이 아님을 반가워할 때도 있다. 바로 다른 친구들의 취향인 제품일 때다. 우리는 서로 좋아하는 캐릭터가 조금씩 다르고, 각자 누구를 좋아하는지 명확히 알고 있다. 그래서 친구들은 랜덤 제품을 뜯다가 내 취향의 제품이 나오면, 곧장 내게 선물을 했다. 내가 지나가는 말로 '요즘 소소한 공부를 하고 있다'고 하면 노트나 필기류를 선물로 주었다. 그러니, 그들에게 랜덤 제품은 실패하기 어려운, 만족도 높은 상품이다.

랜덤 제품을 구입할 때 중요한 건 '위시'와 '워스트'를 고르는 일이다. 랜덤피규어나 랜덤캡슐의 경우, 이 안에 어떤 제품이 들어 있는지 라인업을 미리 확인할 수 있다. 그럼 그 리스트를 쭈욱 훑으며 '내가 가장 뽑고 싶은 아이'와 '나오지 않았으면 하는 아이'를 고른다. 위시가 많아서 '뭐가 나와도 좋은 구성'이면 주저 없이 구입하고, 워스트가 많으면 구매를 망설인다. 라인업 중 뽑고 싶은 아이가 단 하나밖에 없을지라도 그 제품이 꼭 갖고 싶으면 구입하기도 한다. 친구들의 위시가 있다는 것도 충분한 구매 사유가 된다.

친구들과 만나면 우리의 취향이 모여 있는 랜덤 제품을 함께 구입하곤 한다. 그 자리에서 다 함께 위시와 워스트를 말하고, 모두 뜯어본 뒤 서로의 위시를 뽑으면 즉석 선물로 건넨다. 그럼 때로는 내가 구입한 걸 모조리 친구들의 선물로 주고 올 때도 있고, 내가 구입한 것보다 훨씬 많은 결과물을 안고 오기도 한다. 한가득 무언가를 들고 온 내게 남편이 묘한 시선을 보내면, "이거 다 선물 받은 거야!"라고 다급히 해명해야 한다.

　우리에게 랜덤은 이런 맛이다. 내가 원하던 제품을 뽑았다는 희열뿐 아니라, 내 친구에게 선물할 거리가 생겼다는 기쁨. 친구는 자신이 원하던 걸 뽑지 못했는데 내가 대신 뽑아서 선물할 수 있게 되었다는 뿌듯함. 내게는 실패일지라도 누군가에겐 큰 행복이 될 수 있다는 만족감. 상품 자체로만 보면 비합리적인 요소가 가득하지만 우리는 그럼에도 소비를 한다. 합리적인 소비를 하는 '나'보다, 친구들이 원하는 선물을 할 수 있는 '나'의 행복을 찾기 위해.


### 작은 캡슐에 담긴 대단한 추억

　게임의 힘은 강하다. 참 별것 아닌 내기에 우리는 완전히 몰입하고 그 순간은 대단한 추억이 된다.

　키덜트 친구들과 나는 함께 이곳저곳을 참 많이도 다녔다. 귀여운 것이 있다면 어디든 달려가서 모두의 취향인 것을 함께 구경한다. 모두가 유튜버라 많은 순간은 영상에 담겨 콘텐츠가 된다.

그 콘텐츠는 각자의 채널을 채우는 내용물이지만 그것으로 인해 얻는 반응이나 수익보다는, 우리의 추억을 기록하고 다시 떠오르게 만드는 매개체가 된다. 그렇게 남은 기록물이 없어도 우리의 기억에 남는 순간들이 있다. 바로 랜덤캡슐이나 랜덤피규어를 뜯는 작은 게임을 할 때다.

한 번은 셋이 만난 적이 있다. 그 모임에서 내성적인 성격 셋만 모인, 그런 공교로운 날이었다. 그날은 우리의 조합만큼 흔치 않게, 우리 셋의 취향을 모두 저격하는 강아지 캐릭터의 랜덤 제품이 출시된 날이었다. 우리는 부지런을 떨어 가장 일찍 도착해 줄을 섰다. 1번으로 게임을 시작한 우리는 연거푸 상위상을 뽑았다. 온갖 호들갑을 떨며 기쁨의 순간을 만끽한 우리는 전리품을 쭉 늘어놓고 사진을 찍어댔다. 그리고 나보다 이 제품을 더 야무지게 쓸 수 있는 사람에게 상품을 양도했다. (나에게 양도를 많이 해주었다.) 조용한 세 사람의 만남이었지만 상위상을 뽑았을 때의 환호와 동동거림은 지금도 문득문득 떠올라 나를 피식거리게 만든다.

최근에는 친구들과 해외여행을 다녀왔다. 여

살짜쿵 인형

행 마지막 날, 모두가 지쳐 있을 때 우리는 인형뽑기 게임장을 찾았다. 인형뽑기야말로 랜덤 그 자체인 게임이다. 한 친구는 자기 취향의 인형이 가득 담긴 게임기를 골랐다. 그리고 패기롭게 세 번만에 뽑겠노라 외치고 동전을 넣었으나 인형 털끝만 건드리고 아무것도 뽑지 못했다. 옆에서 자타공인 '뽑신'이라 불리는 친구가 이래저래 조언을 하니 조금 가능성이 보인다. 몇 번이고 머리를 잡았다가 놓치기를 반복했다. 시무룩해진 친구의 어깨에, 조언을 하던 친구가 직접 조이스틱을 잡았다. 그리고 하필이면 카메라로 찍지 않던 때, 운명처럼 그 인형을 뽑았다. 돈 주고 구입했으면 됐을 평범한 인형이지만 무수한 인형들 중, 단 하나뿐이었던 그 인형이 대단한 운명처럼 느껴졌다. 모두가 지쳐 있던 그 순간, 참 별것 아닌 게임에 우리는 순식간에 흥분하고 기뻐했다.

여행의 정말 마지막인 공항에서조차 우리는 게임을 놓지 않았다. 공항 수속 밟기 전 식당가에서 친구와 나는 랜덤캡슐 기계들을 발견했다. 무거운 짐을 끌면서도 우리는 우리 취향의 장난감을 찾았다. 마지막으로 남은 시간과 동전을 탈탈 털어 캡슐에 투자했다. '위시'가 얼마 없는 랜덤캡 슐을 뽑을 때는 오히려 근거 없는 자신감이 솟는 다. 범상치 않은 이 순간 왠지 저 아이를 뽑을 것 같은 대단한 기운이 느껴진다. 그렇게 우리는 '워스트'를 연달아 뽑았지만, 의외로 마음에 드는 장난감을 만났다. 사실은 그다지 내 취향이 아님에도, 여행의 마지막 순간에 만난 이 아이가 우리의 여행을 떠올리게 하는 추억이 될 것임을 알기에 소중히 품에 안고 한국으로 돌아왔다.

그저 스쳐 지나가는 게임에도 우리는 까르르 자지러졌다. 작고 작은, 하찮은 장난감을 뽑았을 뿐이지만 우리는 대단한 추억을 만들었다. 이른 아침 출근길, 새벽에 문득 깬 순간, 지나가다 비슷한 장난감을 보았을 때. 일상 속 뜬금없는 순간에도 그때의 일이 소록소록 떠오르도록 만드는 아주 소중한 하찮음이다.

살짜쿵 인형

# 세상은 넓고, 그 인형은 하나뿐이다

### 나의 하나뿐인 인형

키덜트들이 가장 좋아하는 행사가 있다. 바로 일러스트페어. 전국의 일러스트 작가들이 자신의 캐릭터 제품을 선보이는 자리로, 세상의 모든 귀여움이 한데 모이는 행사다.

항상 사람들 틈바구니에 껴서 제대로 구경도 못하지만 그럼에도 좋은 건, 작가들이 자신의 아이들을 얼마나 아끼는지 느낄 수 있기 때문이다. 몇 년간 공들여 키워온 캐릭터를 엽서, 스티커, 피규어, 인형 등 여러 형태로 만들어낸다. 그 아이를 세상 사람들에게 소개하는 자리. 대기업의 자본을 업고 으리으리하게 꾸며진 부스도 있고, 사람이 너무 많아 들어가기 어려운 부스도 있지만, 대부분은 한 명의 작가가 스티커와 인형 꾸러미를 펼쳐두고 수줍게 서 있다. 이 캐릭터가 살아가는 세계관이나, 성격을 설명하는 작가들의 얼굴은 어딘가 들떠 보인다. 나 또한 수줍음 많은 고객이라 쭈뼛대며 구경을 하는데 그 순간이 참 설렌다. 보는 이도, 보여주는 이도 두근거리는 시간. 보여주는 이에게는 공들여 만든 나의 아이들이 사람들의 눈에 어떻게 보일까, 좋아하는 사람이 있을까 하는 우려 섞인 기대, 보는 이는 내 취향의 아이를 우연처럼 만나지 않을까 하는 설렘 가득한 기대. 무엇보다 좋은 건 자신의 피조물을 대단히 아끼는 그 마음을 마주하는 것이다.

일러스트 페어에서 내가 가장 좋아하는 건 핸드메이드 인형 부스다. 비록 가격이 높아 구입하기는 쉽지 않지만, 핸드메이드인 만큼 모든 개체들이 제각기 다른 얼굴을 하고 있다. 어떤 아이는 유독 얼굴이 많이 부어 있고, 어떤 아이는 혼자만 어깨가 든든하다. 그중에서 유독 마음에 꽂히는 아이가 있다. 그렇게 만난 아이는 나의 하나뿐인 인형이 된다. 누군가가 소중한 마음으로 내어놓은 인형이, 또 다른 누군가에게 의미 있는 보물이 되는 곳.

행사를 다녀오면 양손 가득 주렁주렁 짐이 생

긴다. '나의 하나뿐인 보물'이라면서 집어 온 물건들이 잔뜩 쌓이고 쌓인다. 집에 와서 가방을 탈탈 털어 꺼내보면 내 취향이 한눈에 보인다. 내 마음을 절로 평안케 해주는 표정, 부드러운 털결, 은은한 색상, 별것 없는 이목구비. 각각 다른 부스에서 사 온 것이 분명한데도 나의 소나무 취향이 느껴져 새삼 행복하다. 작가가 만든 인형의 세계관이 나의 세계관과 만나 세상에 하나뿐인 이야기가 만들어지기 때문이다.

## 이토록 귀여운 천 원짜리 인형

요즘은 인형 수집하기 좋은 시대다. 한 마리 한 마리 공들여 만드는 핸드메이드 인형도 많고, 대량생산으로 저렴하게 판매되는 보급형 인형은 차고 넘치게 많다.

최근 다이소 인형이 상당히 향상되었다. 몇 년 전까지만 해도 다이소는 소위 '싸구려' 제품을 파는 이미지였는데, 차근차근 제품의 퀄리티와 디자인이 좋아졌고 지금은 상당한 수준에 이르렀다. 나는 감히 '다이소 덕후'라고 할 수 있을 정도로 그 제품들을 애정한다. 어떤 물건이든 오래 보관하고 오래 사용하는 나에겐 다이소의 저렴한 제품만큼 가성비 좋은 것이 없다. 저렴하고, 막 쓰기 좋으면서, 귀엽다니. 다이소는 생활용품이 메인이지만, 최근에는 인형에도 제법 힘을 쓰는 모양이다. 품절 대란이 날 정도로 인기 좋은 캐릭터 인형들이 줄이어 출시되고 있다.

앞서 말한 '개체차이'가 가장 심한 것이 다이소 인형이다. 대량생산으로 만들어지니 어쩔 수 없는 결과다. 어찌 보면 복불복 게임 같지만, 내 마음에 쏙 드는 한 명의 친구를 찾는 것이 또 다른 재미다. 산처럼 쌓인 인형 더미 속에서 인형들은 제각기 다른 얼굴을 하고 있다. 분명 같은 공장에서 찍어낸 것일 텐데 묘하게 다른 그 얼굴의 차이를 찾는 재미가 있다. 그 안에서 완벽한 비율의 얼굴을 찾거나, 이목구비가 유독 내 취향인 친구들이 있다.

영화 〈토이스토리2〉에 같은 장난감이 잔뜩 꽂혀 있는 매대가 나온다. 버즈 라이트이어는 자신과 똑같이 생긴 친구들이 가득 있는 것을 보고 잠시 충격을 받지만, 이내 위기상황을 빠져나가기

살짜쿵 인형

위한 방법을 찾아낸다. 나는 다이소의 인형 매대 앞에 가면 영화 속 그 장면을 떠올린다. 이 친구들도 같은 모습을 하고 있지만 분명 각자의 세계가 있을 것이라고 믿으면서. 비록 영화 속 버즈 라이트이어 장난감보다 훨씬 저렴한, 1,000원, 2,000원짜리 인형이지만 분명 자신만의 세상이 존재할 것이라고.

내가 글을 쓰고 있는 오늘은 다이소에 신상 인형이 출시된 날이다. 이번에도 내 취향을 완벽하게 저격한 인형이다. 무지개 솜사탕처럼 생긴 사랑스러운 곰돌이와 토끼 인형. 이 친구들은 더 특별한 점이 있는데, 여러 색이 섞여 있어서 제품마다 색 조합이 다르다는 것이다. 어떤 아이는 노란색이 유독 많고, 어떤 친구는 얼굴에 분홍빛이 돌아서 얼핏 한껏 취한 것처럼 보인다. 나의 키덜트 메이트인 친구는 그중 색상이 균형감 있게 배치되어 있으면서, 가장 내 취향에 가까운 얼굴로 골라 인형을 사다 주었다. 전국의 몇천 개 매장에 몇만 마리의 인형이 존재하지만 그 색깔의, 그 얼굴을 하고 있으면서 사랑하는 내 친구가 사다 준 인형은 단 하나이다. 세상은 넓고 인형도 차고 넘치게 많지만 나의 인형은 단 하나뿐이다.

## 너희를 만든 사람들이 죄인이지, 너넨 죄 없어

사랑이 넘치는 키덜트 계에 절대악이 있다면 바로 '가품'이다. 정확하게 말하자면 가품 제작자와 판매자.

캐릭터에 대한 소유권을 완전히 무시하고 그어떤 라이선스도 획득하지 않은 채 캐릭터 디자인을 카피해서 제품을 제작, 판매하는 나쁜 사람들이 있다. 그런 사람들의 사기 행각에 홀랑 넘어가 가품인지도 모른 채 인형을 구입하는 사람도 부지기수. 나 역시 예외는 아니라 모르고 구입한 가품이 몇 개 있다.

가품 여부는 일반 소비자가 알아차리기엔 너무나 애매하고 교묘해서, 많은 사람들이 모르고 구매할 수밖에 없다. 몇 년 전만 해도 카피 기술이 조악하기 그지없어, 캐릭터에 대해 조금이라도 아는 사람이라면 눈치챌 수 있는 정도였지만 지금은 상황이 다르다. 카피 기술이 얼마나 좋아졌는지, 어떤 제품은 태그마저도 완벽 카피해서 육안으로 구분하기 어려울 정도다. 가장 확실한 건

살짜쿵 인형

공식샵에서 새 상품을 직접 구매하는 것이겠지만 단종이 되었거나 직접 방문하기 어려운 경우에는 어찌해야 할까. 이럴 땐 판매자에게 확인하는 것이 좋다. 물론 양심을 멀리멀리 팔아먹고 정품으로 속여 파는 인간들도 있지만.

또 하나 주의해야 할 점은 '가품임을 알면서도 구입'하는 행위다. 정품이 너무 비싸서, 구하기 어려워서. 각자의 이유로 가품이지만 구입하는 경우도 있다. 가품 구입은 당연하게도 가품 제작, 판매를 유도한다. 시장의 공급, 수요 원칙에 따라 '가품 소비의 수요'가 현저히 낮아진다면 자연스레 공급도 줄어들 터. 인형을 진정으로 사랑하는 사람이라면 반드시 정품 구입을 당부한다.

더 악독한 건, '카피 제품'이다. 국내에서 인기 있는 핸드메이드 인형을 카피해서 마치 본인의 오리지널 제품인 양 판매하는 이들이 있다. 인형 업계 트렌드가 뻔해서, 어떤 동물 인형이 유행하면 비슷한 생김새의 동물 인형이 우후죽순 출시되기도 하고 특유의 스타일이 유행을 타면 얼핏 그 작가 제품인가, 오해할 정도로 유사한 외형의 제품이 데뷔하기도 한다.

이미 가품, 카피 제품을 모르고 구입했다면 어찌해야 할까. 처분 방식은 자기 마음이지만, 결국 보내거나 품거나 둘 중 하나일 것이다. 가품임을 알고 난 이후로 이 인형을 볼 때마다 화가 치민다면, 방출하는 것이 답. 방출하는 방법도 기부하거나, 중고로 판매하는 방법이 있을 텐데, 개인적으로는 반려동물이나 어린아이에게 선물하는 것도 좋은 방법이라 생각한다. 물론 해당 제품이 안전 측면에서 문제가 있다면 불가하겠지만, 인형을 거칠게 가지고 노는 친구들에겐 이 인형이 제격일 수도 있으니.

인형 수집광으로서는 그대로 인형을 품는 것도 방법이라고 본다. 가품을 만든 인간이 죄인이지, 인형은 죄가 없다. 비록 나쁜 의도에 의해 만들어진 아이지만, 내 손에 들어온 이상 우리는 연을 맺어버리고 말았다. 내가 너를 선택했고, 너는 내 영역에 들어오고야 말았다. 이 인형을 구매하면서 생긴 나의 추억이 소중하다면, 이미 이 친구와 정이 들어버렸다면 그대로 받아들여야지. 내가 좋은 마음으로 품어야지, 별수 있나. 인형 수집도 여간 어려운 일이 아니다. 무수한 죄인들이 생기지 않도록 정품가품 여부도 꼼꼼히 따져야 하고, 모르고 사버린 가품에 대한 슬픈 마음도 이겨내야 하니.

# 아이도 좋고 나도 좋은 장난감

### 사실은 엄마가 더 좋아해

아이를 낳고 좋은 점이 있다면, 수집품의 스펙트럼이 넓어졌다는 것이다. 본래는 귀여움으로 쓸모를 다한 인형 위주로 모았는데 아이를 낳은 이후 실용적인 장난감까지 모으게 됐다.

요즘 아이들 장난감은 참으로 대단하다. 버튼 하나만 누르면 순식간에 로봇이 되기도 하고, 불빛을 제 앞에 쏴주면 어떻게 인식을 해서 불빛이 그리는 대로 길을 따라오기도 한다. 어떤 장난감은 수십 개의 버튼이 있어서 누를 때마다 소리가 나오는데, 도형을 맞추면 도형을 단어로 읽어주고 가운데를 누르면 색깔을 단어로 읽어준다. 기찻길 조각을 맞추면 알아서 그 길을 따라 기차 장난감이 움직이기도 한다. 아이에게 사용법을 알려줘야 한다는 핑계로 내가 먼저 뜯어 이리저리 설명서를 보면서 버튼을 눌러본다. 분명 아이를 위해 구입한 물건인데 아이보다 엄마가 더 신난 모습이다.

기능이 대단하지 않지만, 아이보다 엄마가 더 신나게 가지고 노는 장난감도 있다. 아이들 색깔, 숫자 공부용으로 나온 장난감들이 그러한데, 색깔별로 부품이 10개씩 나온다. 어떤 제품은 곰돌이, 어떤 제품은 공룡, 어떤 것은 꽤나 리얼한 보석 모양이다. 아이들은 색이고 숫자고 뭐고 신경 쓰지 않고 이리저리 섞고 던지기 바쁘지만, 나는 그것을 깔별로 모으거나 어떤 모양들을 만들면서 짜릿함을 느낀다. 최근에는 기본 중에 기본인 나무 블록 장난감을 구입했다. 놀이를 시작하면 아이보다 내가 더 적극적으로 블록을 쌓는다. 아이도 처음에는 시큰둥하다가 열정적인 엄마의 모습에 같이 예술혼을 불태우며 건축을 해낸다. 격렬한 놀이 후 뒷정리는 쉽지 않은 일이지만 내 취향의 장난감이라면 정리 시간조차 나의 놀이 시간이다. 아이의 놀이 시간 후 시작되는 엄마의 놀이 시간. 아이 좋고 나도 좋고.

어린이날은 아이보다 내가 더 신나는 날이다.

어린이날을 이유로 친구들이 아기를 위한 이런저런 최신 장난감들을 보내주는데, 아직 어린 우리 아기보다는 내 취향에 더 맞는다. 올해 어린이날에는 작은 인형집을 받았다. 동그란 반찬통처럼 생긴 외형에, 뚜껑을 열면 작은 인형이 살고 있는 아기자기한 집이 나온다. 그 안에는 의자도 있고, 부엌도 있고, 정원도 있다. 버튼을 누르면 작은 조명에 불이 들어온다. 어릴 적 갖고 싶었던 장난감을 아이의 선물로 받게 되다니. 제법 성공한 삶이구나 싶다.

또 하나는 캠코더 장난감. 유튜버 엄마를 둔 아이를 위한 친구의 선택이다. 물론 촬영 기능은 없지만 여러 버튼을 누르면 촬영 상황에 맞는 멘트가 나온다. 나름 마이크까지 달려 있어서 우리 아이는 촬영하는 내 옆에서 합동방송이라도 하듯, 카메라를 세워두고 포즈를 잡았다. 청출어람이라는 말이 괜히 있나. 5년 차 유튜버인 엄마보다 훨씬 뻔뻔스럽게 웃는 표정을 짓는다. 우리는 장난감 하나로 한참을 놀았다. 어쩌면 아이가 나랑 놀아준 걸 수도.

살짝쿵 인형

## 아이에게도 선뜻 내어줄 수 있는 인형

매일 아침 우리 아기는 자신의 침대 위, 그리고 나의 인형방을 돌아다니며 오늘의 짝꿍 인형을 고른다. 요즘엔 해치 인형을 자주 데리고 가는데, 그 전까지는 내가 아끼는 토끼 인형이 짝꿍이었다. 간택받은 아이는 등원길부터 하원길까지 함께할 수 있다. 아이가 오늘의 인형을 고르면, 아이가 듣든 말든 그 인형에 담긴 이야기를 혼자 주절대본다. "그 인형은 말이야, 엄마가 이모랑 유럽 갔을 때 첫눈에 반한 캐릭터거든. 엄마가 그 인형을 사려고 얼마나 돌아다녔는지. 진짜 재밌었어." 아이가 밝은 얼굴로 인형을 쓰다듬으며 등원하는 모습. 내 아침을 유일하게 밝히는 풍경이다.

한동안 빈티지 인형에 푹 빠졌었다. 작은 소품 샵에서 사 모은 빈티지 인형들은 엉덩이에 달린 태그가 너덜너덜하거나, 잘려나가 어떤 브랜드인지도 알 수 없다. 어떤 주인의 손길을 거친 것인지 알 수 없지만, 내 눈에 이렇게 귀여운데 첫 주인 눈엔 얼마나 더 사랑스러웠을까 상상해보는 재미가 있다. 시간의 흐름이 느껴지는 인형을 보면 왠지 내가 어릴 때부터 이 인형을 가지고 있었던 것처럼, 기억이 조작되기도 한다.

아이가 돌이 되었을 무렵 동물에 관심을 가지기 시작했다. 동물 이름을 외치거나 울음 소리를 내며 놀아주곤 했다. 그러다 보니 동물 인형이 필요했다. 동물 인형을 손에 쥐고 울음 소리를 내면서 놀아주면 얼마나 재밌어할까. 소품샵 이곳저곳을 다니며 빈티지 동물 인형을 사 모았다. 빵실한 꼬리가 귀여운 여우 인형은 꼬리를 누르면 삑삑 소리가 났다. 얼굴에 무늬가 그려진 라쿤 인형은 목에 방울이 달려 있어서 아이의 눈길을 끌기 좋았다. 주머니에 아기 캥거루를 안고 있는 엄마 캥거루 인형은 우리의 모습 같아서 구입했다. 나와 아이가 좋아하는 샛노란 기린 인형은 두 개나 샀다. 하나는 털결이 보드라워서 구입했고, 하나는 태엽을 돌리면 잔잔한 노래가 나와 구입을 하지 않을 수 없었다. 그렇게 각자의 이유로 모인 동물 인형들. 우리만의 작은 동물원이 완성됐다.

아이에게 내줌으로써 새로운 의미를 찾은 인형들이 또 있다. 아이보다 큰 대형 인형들. 나의 인형 수집 초창기 창립 멤버, 인형방의 터줏대감인 대형 인형들이다. 100cm 곰인형, 전 남친이자

살짜쿵 인형

현 남편이 사준 애벌레 인형, 친구와 해외여행 갔다가 공항에서 구입한 정체 모를 길쭉한 인형, 선물로 받았던 대형 토끼 인형, 부산 출장 갔다가 발견해서 양손 가득 데려왔던 케어베어와 올라프 인형. 모두 아이보다 훨씬 큰 몸집이다. 갓난아기 시절에는 아이가 벽에 박지 않도록 막아주는 펜스 역할을 했지만, 이제는 잠자리 친구가 되었다. 자기 전 침대 위를 뒹굴거릴 때 대형 인형 위로 올라타 으랴으랴 놀이를 하기도 하고, 아빠가 옆으로 오는 걸 막기 위해 옆에 세워두기도 한다. 그러다 스르륵 인형을 베고 잠드는 아이를 보면, 아이를 통해 이 친구들에게 새로운 의미가 생겼다는 생각이 든다.

### 아이 장난감으로 덕질하기

장난감만큼이나 유아도서의 세계도 다양하다. 우리가 아는 단순한 그림책 외에도 버튼을 누르면 노래가 나오는 사운드북, 페이지를 펼칠 때마다 입체적인 세계가 함께 펼쳐지는 팝업북, 책의 이곳저곳을 들춰보면 숨어 있던 친구들이 나오는 플랩북, 커다란 사이즈로 전체를 펼치면 병

풍처럼 사용할 수 있는 책, 커다란 핸드퍼펫이 달려 있어서 인형을 움직이며 읽을 수 있는 책까지. 엄마와 아이 취향을 동시에 저격하는 귀여운 책들이 너무나 많다.

내가 가장 좋아하는 아기책 세 권이 있다. 하나는 디즈니 영화 ost가 담겨 있는 사운드북. 출산 선물로 친구가 보내준 선물인데, 내 취향을 고려한 선물이었다. 나는 태교 삼아 디즈니 음악을 듣곤 했다. 아이가 태어난 뒤에는 심심할 때마다 옆에서 노래를 틀어주었다. 아이의 손가락에 힘이 제법 생겼을 땐 아이가 직접 버튼을 눌러 노래를 재생했다. 나는 쉰 목소리로 열심히 노래를 따라 불러주었다. 임신, 출산, 육아 시절을 모두 함께한 책이라 각별하기도 하지만 언제나 영화 속 세계로 빠져들 수 있는 그 사운드북 자체가 좋다.

두 번째는 나의 최애인 케어베어 인형 책이다. 작은 소품샵에서 중고로 구입한 제품이다. 책 가운데 베드타임베어 핸드퍼펫이 달려 있는데, 책 뒷 편으로 손을 넣으면 인형을 움직일 수 있다. 조용한 밤, 베드타임베어가 너를 지켜줄 테니 편히 자라는 내용이다. 영어로 되어 있지만 어렵지 않

살짜쿵 인형

은 문장이라 유창한 척 읽어줄 수 있는 몇 없는 영어책이다. 아이가 잘망잘망할 때면 감미로운 목소리로 책을 읽어주며 인형 책에 손을 넣고 인형으로 아기를 안아준다. 그럼 아기는 꺄르륵 대다가 스르륵 잠이 든다. 하도 읽어주어서 이제는 너덜너덜해졌지만, 아이가 클 때까지 보관하고 싶은 책 중 하나다.

케어베어 헝겊 책도 하나 있는데, 중고마켓에서 아주 저렴하게 구입했다. 종이가 아닌 도톰한 면으로 만들어진 책인데, 케어베어 굿즈로 구입했다. 아이는 별 관심 없지만 내가 보고 싶어서 자주 꺼내어 읽어주었다. 꽤나 자란 지금은, 인형놀이할 때 이불처럼 사용하고 있다. 책은 읽는 것이 본래 목적이지만 놀이 도구로서도 충분히 이용할 수 있다. 그렇게 그 책의 역할이 확장될 수 있다. 아이에겐 책과의 친밀도를 더 높일 수 있는 기회이기도 하다.

마지막 최애 그림책은 바바파파 빅하우스 그림책이다. 책장에 꽂을 수 없을 정도로 큰 사이즈의 책인데 접혀 있는 부분을 전부 열면 작은 병풍이 된다. 아이를 가운데 넣고 울타리처럼 둘러주면 아이만의 프라이빗 공간이 만들어진다. 아이는 그 안에서 간식을 먹기도 하고, 책의 이곳저곳을 살펴보며 누가 그려져 있는지 찾기도 한다.

그림책으로 놀아주다 보니, 바바파파 인형을 사야겠다는 생각이 들었다. 책 안에 갇혀 있는 바바파파 가족들을 꺼내주고 싶었다. 해외직구 사이트를 여기저기 뒤져 바바파파 가족 인형 풀세트를 구했다. 배송 오류가 생겨 한 달도 훨씬 넘어서야 인형을 받았지만, 다행히 그사이 우리의 덕심이 식지 않았다. 인형을 기다리는 동안 바바파파 전집을 잔뜩 구입해서 오히려 놀기에 최적의 환경이 완성됐다. 나는 아이에게 바바파파 가족들의 이름과 특징을 매일같이 읊어주었다. 아직도 아이는 아홉 개의 바바파파 가족들 이름을 완벽하게 말하지 못하지만(그건 어른도 어려운 일이니까), "바바파파 꺼내주세요!"라며 그 친구들을 찾을 때가 있다.

바바파파는 1970년대 프랑스에서 아동문학 시리즈로 첫 등장했다. 저자인 아네트 티종과 탈루스 테일러는 다른 언어를 사용하는 커플이다. 말로 표현하기 힘든 것을 그림으로 그려내며 스

살짜쿵 인형

토리를 만들어갔다. 우리나라에서는 1980년대 소개된 바 있고, 2010년 후반 잠깐 유행한 적이 있다. 지금은 유행이 지났는지, 국내에서 생산되는 신상 굿즈를 만나긴 어렵지만 바바파파 전집이 인기를 끌면서 명맥을 유지하고 있다. 나는 순전히 아기 그림책을 통해 바바파파에 입덕했다. 아이에게 전집을 매일같이 읽어주면서 바바파파의 시작, 캐릭터 스토리까지 완벽하게 파악했다. 육아를 하는 일이 내게는 취미 활동의 연장이 되었다. 이런 덕업일치가 또 어디 있을까. 인형 수집은 육아에 최적화된 취미다.

# 4장

# 인형 수집이
# 나에게 알려준 행복

# 집들이의 맛

　인형 수집광으로서 가장 뿌듯한 순간을 뽑자면 집들이를 할 때다. 원체 내향적인 사람이라 친구가 그리 많지 않고, 집으로 초대하는 일은 더더욱 없지만 '인형방'을 보고 싶어 하는 친구가 있다면 흔쾌히 집으로 초대한다.

　집들이를 하면 통상 가장 신경 쓰는 것이 음식인데, 음식은 적당히 좋은 배달음식들로 주문하는 게 서로에게 행복한 일이다. 나에겐 꽉찬 인형방을 밀도 있게 보여주는 것이 더 중요하고 의미 있다. 평소 어질러져 있고, 균형이 맞지 않던 곳을 보기 좋게 정리해둔다. 친구들이 사진 찍기 좋은 나름의 포토존도 생각해본다. 나의 추천 코스는 깔별로 정리되어 있는 '케어베어 존'과 캐릭터별로 진열해 둔 '토이스토리 존'. 2개의 진열장은 볕이 잘 드는 창가 쪽이라 인증샷을 찍으면 더 잘 나온다.

아기 손님이 온다면 인형을 선물하기도 한다. 진열해두기 애매했던 인형이나, 애정이 조금 식은 인형, 실수로 여러 개 사버린 미니카 등 상태가 좋은 제품 중 아기 손님의 취향에 맞는 선물을 하나씩 빼둔다. 선물의 재미를 더하기 위해 여러 아기 손님이 방문한다면 랜덤으로 선물을 고르게 하기도 한다.

인형 정리할 시간에 손님한테 대접할 음식이나 잘 준비하는 게 낫지 않냐고 묻는 이가 있을지도 모르겠다. 마케터로서의 직업병인지, 남다르고 싶은 관종병인지 모르겠지만 우리 집에 방문하는 손님에게는 이곳에서만 할 수 있는 새로운 경험을 주고 싶다. 타인을 자신의 집으로 초대하는 것만큼이나 방문하는 일도 꽤나 번거롭다. 우리 집이 아닌 먼 타인의 집까지 제 발로 가야 하고, 빈손으로 갈 수 없으니 선물도 준비해야 하고, 방문한 뒤에도 집들이 예법에 맞지 않는 실수를 할까 신경 써야 하니까. 그런 큰 수고로움을 하고 있는 손님이 우리집에 있는 동안은 새로운 경험, 행복하고 편안한 시간을 가졌으면 한다. 요리

살짜쿵 인형

조리 인증샷 찍어서 인스타그램에도 올리고, 카톡방에도 공유해서 이따금 집들이의 추억을 되새겨볼 수 있는. 선물로 받은 인형이 인형방을 떠나, 손님의 집에서 제2의 삶을 잘 살아가는 모습을 공유하며 '인형과 함께 사는 삶'의 즐거움과 행복을 공유할 수 있는. 결국, 나의 행복감을 친구들에게도 전파하는 그런 의미. (음식은 나보다 더 잘 만드시는 분들의 손을 빌리면 될 일.)

친구들 외에도 집에 손님이 방문할 때가 있다. 가스 검침이나 정수기 점검, 부동산에서 집을 보러올 때 등등. 그럴 때마다 단골 질문들이 있다. "아기 인형인가 봐요?", "뭐 하는 분이세요?"

나의 대답은 질문자의 태도에 따라 조금 달라진다. 그저 황당하고 기괴하다는 분위기가 느껴지면 대충 "예… 뭐." 하고 넘기고, 너무나 흥미롭고 신기하다는 태도가 느껴지면 "제가 인형을 좋아해요. 아기도 같이 좋아하고요."라며 내 취향을 수줍게 공개한다. 나와 비슷한 취향의 방문객이라면, 본인도 이 캐릭터를 좋아한다, 자신의 집에도 이 인형이 있다며 공감대를 형성한다. 비록 한

번 보고 다신 안 볼 사람들이지만 짧게나마 자신의 취향을 나누는 시간을 가진다. 역시 세상은 넓고 나와 같은 취향의 사람이 어딘가 이렇게 존재하는구나 위안도 얻는다.

집들이의 맛은 이런 것이다. 내가 가진 나름의 비밀, 내 은밀한 취미를 공개함으로써 공감대를 형성하거나 행복감을 공유하는 것. 우리만의 추억 속 즐거웠던 한순간으로 남는 일. 그 때의 사진, 대화, 선물을 되새기며 그 순간으로 돌아가는 것. 그렇게 서로에게 흔쾌히 자신의 행복을 나누고, 자신을 내보이며 가까워질 수 있는 계기.

살짜쿵 인형

# 선물하기 좋은 사람

요즘 시대의 선물이란 참 간편하다. 실제로 만나지 못해도 온라인에서 주문해 보내줄 수 있고, 심지어는 주소를 몰라도 선물을 보낼 수 있다. 온라인몰이 활성화되고, 선물에 대한 선택의 폭이 넓어지다 보니 방법은 간편해졌지만 선물을 고를 때의 고민은 여전히 어렵다.

그런 시국에 나란 사람은 참 선물하기 좋은 사람이다. 인형이라면 귀여운 것이라면 뭐든 좋아하고, 인간까마귀처럼 반짝이고 영롱한 모든 것을 좋아한다. 그마저도 너무 선택의 폭이 넓다 하면, 좋아하는 대표 캐릭터가 있어서 그 캐릭터 굿즈라면 그저 좋다 한다. 물론 나의 컬렉션을 아는 소수의 친구들은 고통스러워한다. 이미 너에게 있는 아이템이 많아서 너에게 없는 아이템을 찾아 선물하려니 너무 어렵다고. 나는 '귀여운 건

많을수록 좋으니, 이미 있는 걸 줘도 그저 감사하다'고 답한다.

그래서 최근에는 '위시리스트'를 적극 활용하고 있다. 취향이 확고한 사람에게 아주 유용한 기능이다. 대체로 내가 원하는 건 고민하고 고심하여 내돈내산하는 사람이지만, 내 생일 때는 위시리스트를 올려두지 않으면 케이크 선물만 잔뜩 받는 참사가 일어날 수 있다. 그래서 생일 주간이 다가오면 슬금슬금 위시리스트를 정리한다. 살까말까 고민하다, 내 돈 주고 사긴 아까웠던 물건들. 시리즈로 전부 모으고 싶었지만 내돈내산하긴 왠지 망설여졌던 물건들을 슬금슬금 담아둔다. 나의 인형방 수집품으로도 훌륭하면서, 아이 장난감으로도 쓸 수 있는 실용적인 아이템(?)도 몇 개 넣는다. 그럼 나의 가족, 친구, 지인들은 각자 하나씩 위시리스트에서 물건들을 골라 보내준다.

참으로 속물적인 기능임에는 틀림없지만, 취향이 분명한 이들에게는 더할 나위 없이 합리적이다. 친구, 지인 사이에는 서로 선물을 하는 가격선이 정해져 있는데, 다양한 가격대의 위시리스트를 담아두면 각자의 선에 맞춰 선물을 고를 수

살짝쿵 인형

있다. 내가 뭘 좋아했는지, 이건 이미 있는 건지 고민할 필요도 없다. 나 역시 내 돈 주고 사기 망설여졌던 그 물건을 선물로 받을 수 있으니 그저 좋다. 그렇게 생일 주간에는 나의 최종 선택은 받지 못했지만, 지인들의 선택을 받은 물건들이 선물이 되어 내 손으로, 내 방으로 들어온다.

내가 첫눈에 반하고, 직접 고르고, 안아보고 쓰다듬어 보며 인형을 구입하는 애틋한 과정은 생략되었지만, 나의 주변인들로 인해 나의 수집품이 풍성해지는 것을 생각하면 또 그 나름대로의 애틋함이 생긴다. 대학 시절 가장 친한 친구였지만, 졸업 후 멀리 떨어져 지내며 자주 만나지 못하게 된 상황. 누구보다 먼저, 내 생일을 축하해주고 싶은 마음에 내 위시리스트에서 가장 좋은, 가장 내 취향일 것 같은 선물을 골라 보내주는 마음. 생일이 주는 즐거움은 이런 것이다.

사실 나는 기념일에 크게 개의치 않는 사람이다. 생일이나 기념일이 내게 그다지 특별하게 와닿지도 않고, 무슨 날이라고 해서 남들처럼 뭘 해야만 한다는 의무감을 느끼는 것도 싫다. '남들과는 다른 나, 기념일에 호들갑 떨지 않는 나'에 심

취한 것도 있겠지만 사실은 더 내밀한 목적이 있다. 그런 날에 구애받으면 '아무것도 아닌 날' 무언가를 선물 받거나, 나에 대한 선물이라는 핑계로 구입하기가 어렵다. 즉, 나는 언제든 내가 원할 때 선물을 받고 싶어서, 기념일을 챙기지 않는다. 좋게 말하면 매일을 특별하게 살고 싶다는 이야기다.

그래서 누가 내 생일에 선물을 주지 않아도 섭섭하지 않고, 나도 누군가의 생일이라고 야무지게 선물을 챙겨주지 않는다. 그저 일상 속에서 친구가 갑자기 보고 싶을 때, 어떤 물건을 보고 그에게 어울릴 거란 생각이 들었을 때 선물을 산다.

행복론에 심취해 있는 사람으로서 말하자면, 행복은 예상치 못한 타이밍에 왔을 때 더 크게 느껴진다. 몇 달 동안 연락 없던 친구가 "네 생각이 났다."며 건네는 선물, 일상적으로 만나던 친구와 여느 때와 다름없이 만났는데 "오다 주웠다."며 품에 안겨주는 선물. 내 생일 때를 기억해서 내 취향에 맞는 선물은 그만의 정성과 마음에 감동을 하고, 아무 날도 아닐 때 건네는 선물은 그 갑작스러움에 행복을 느낀다.

살짜쿵 인형

선물은 결국 받는 이가 행복하면 되는 것 아닌가. 인형을 좋아한다면 주는 이도 선물하기 쉽고, 받는 이도 행복을 느낄 확률이 높아진다. 내가 좋아하는 걸 여기저기 널리 알리니, 선물 받을 일도 많아진다. 행복할 일이 늘어난다.

# 이토록 건전한 취미가
# 또 있을까

이 세상엔 무수한 취미가 존재한다. 모든 취미, 모든 취향은 존중받아야 마땅하지만 내가 감히 '좋은 취미'에 대해 정의하자면, 나에게도 남에게도 스트레스를 주어선 안 되는 취미여야 한다는 것. 오롯이 나에게 집중하고, 나의 세계를, 나의 저변을 넓힐 수 있는 취미여야 '좋은 취미'라 칭할 수 있다는 것이 나의 생각이다. 이런 관점에서 내 취미에 대해 자화자찬할 수밖에 없는데 인형 수집은 그야말로 '나'를 위한 취미활동이다.

수집 활동의 모습은 다양하다. 외형뿐 아니라 기능을 고려하여 제품을 수집하는 사람도 있고, 그저 내가 좋아하는 캐릭터라면 무지성으로 구입하는 나 같은 사람도 있다. 오로지 구매만이 목적이라 힘들게 사고선 진열도 하지 않고 박스 그대로 쌓아두기만 하는 사람도 있는가 하면, 사는 족

　　　　　　　　살짜쿵 인형

족 포장을 뜯어 손때가 탈 때까지 가지고 노는 사람도 있다. 이 세상에 70억 명의 사람이 있다면, 70억 가지 모습의 취미가 존재할진대, 내가 감히 어떤 취미가 좋고, 나쁘다고 평할 수 있을까.

그럼에도 나만의 기준, 스스로에게 '건전한 취미'의 잣대를 세운다면 이런 것이다.

첫째, 오로지 나를 위한 취미일 것. 여기에 '나'라는 존재의 정의는 굉장히 폭이 넓다. 물리적, 정신적으로의 '나'라는 사람을 말하기도 하고, '나'를 둘러싸고 있으면서 나에게 영향을 주는 주변 사람까지 포괄하기도 한다. 이를테면 우리 아기 같은 존재. 수집이라는 취미가 나와 주변 사람에게 행복을 주어야 한다. 이것이 나의 인형 수집 취미의 제1원칙이다. 여기서 중요한 건 '선'이 있어야 한다는 것. 정확하게 말하자면 '내 취미에 쓰는 돈의 예산 범위'를 나만의 기준으로 명확하게 잡아두어야 한다는 이야기다. 대부호가 아닌 우리가 현실적으로 행복하게 취미 생활을 하려면, 나의 기본 생활(의식주)에 영향을 주지 않는 선에서 예산 범위를 잡는 게 좋다. 나의 행복은 취미뿐 아니라 내 삶을 이루는 기본적인 생활에서 비롯된

부분도 상당하기 때문이다. 취미 활동을 하면서 조금이라도 내가 정신적, 신체적, 금전적으로 스트레스를 받거나, 내가 사랑하는 주변 사람에게 폐를 끼친다면 나는 잘못된 방향으로 가고 있는 것이다.

둘째, 남의 시선에 의해 움직이지 말 것. 이것 또한 첫 번째와 유사한 맥락의 이야기인데, 물론 '남이 보기에 그럴듯한 취미'를 갖는 것도 사회적 동물인 인간에게 참으로 중요한 의미가 있다. 하지만 수집은 '나의 공간'에서 이뤄지는 것이고, 나의 돈으로 나의 시간을 들여 나의 물건을 사는 행위다. 남들이 좋다고 하니까, 인기가 많다고 해서, 조회수가 잘 나올 것 같아서 구입하게 된 물건은 빠른 속도로 관심 밖으로 나가고 이내 '탈덕'의 길로 빠지게 된다. 물론 크리에이터로서 가장 인기 있고, 사람들이 궁금해할 법한 무언가를 구입해서 리뷰하는 것도 훌륭한 자세. 나는 크리에이터보다는 '인형 수집광'으로서의 나를 본캐로 생각하고, 내 유튜브조차도 '인기 있는 제품을 리뷰하는 채널'이라기보다는 '내가 좋아하는 제품을 보여주는 채널'에 지향점을 갖고 있으므로, 수집 활동에 중심에 있는 것은 언제나 '나' 자신이다.

셋째, 나의 행복을 주변에도 나눌 것. 인형 수집을 시작하면서부터 나의 공간은 인형으로 가득 채워졌다. 나는 대학 진학과 함께 이모 집에서 하숙을 시작했다. 결혼을 하고 나서야 이모 집에서 나와, 남편과 신혼집을 차렸다. 이모 집의 방 한 칸에서 시작된 나의 수집은 신혼집까지 이어졌고, 남편과 함께 사는 '우리 집'의 방 하나가 나의 수집을 위한 '인형방'이 되었다. 남편 입장에서는 '우리 집'의 큰 부분을 나에게 할애한 셈인데, 그 자체로 이미 불편함을 끼쳤다. 그렇기에 나의 취미가 남편에게도 어떤 행복을 주는 것이어야 했다. 그래서 나는 남편과 여행을 가면 남편 취향의 수집품도 마음껏 구매하도록 독려한다. 남편에게도 수집의 재미를 알려주고 싶어서. 다행히 남편도 좋아하는 캐릭터나 제품이 있어서 사양하지 않고 구입하곤 한다.

아이가 태어나면서부터는 아이에게 나의 모든 수집품을 내어주었다. 이 귀여운 인형들이 내

가 사랑하는 사람에게도 큰 기쁨을 줄 수 있다는
것. 그것 하나만으로도 나의 취미는 가치 있다.

키덜트 세계에서 자신만의 잣대로 남들을 멋
대로 평가하는 사람들이 있다. 희귀템을 가지고
있다든지, 그럴듯한 수집공간이 있다든지, 어마
어마한 양의 수집품을 보유하고 있다든지. 자신
만의 기준에 의해 수집가의 급을 나누고, 그 기준
에 맞지 않으면 무시하는 그런 부류. 우리 사회에
만연한 그런 계급제가 키덜트 세계에도 존재한
다. 인간은 모이기만 하면 급을 나누는 게 본성인
것일까. '취미 생활 속에서 우리는 모두 평등하다'
는 생각을 가지고 있는 나는, '건전한 취미'의 잣
대는 가지고 있지만, 그 안에서 급은 나누지 않으
려 한다. 각자 좋아하는 마음의 크기는 다를 수밖
에 없고, 수집을 하는 형태도 각양각색인데 어찌
'대단한 급'과 '그저 그런 급'이 존재할 수 있을까.
내가 인형 수집을 시작한 첫해, 나의 수집품은 보
잘것없었고 난잡하기 그지없었다. 그럼에도 나는
그 어느 때보다 순수한 마음으로 인형을 좋아했
고, 남들의 시선 상관없이 오롯이 나를 위해 수집

살짜쿵 인형

을 했다. 수집품은 지금이 훨씬 많고 그럴듯해 보이지만, 인형 수집광으로서의 마음가짐은 어쩌면 첫해가 가장 대단했을지도 모른다.

이 세상의 모든 수집광은 위대하다. 오직 자신만을 위해, 자신의 행복을 찾아 나선 용기가 위대하다. 남과 나를 비교하지 않고, 누가 뭐라 하든 나만의 길을 가는 굳건함이 위대하다. 무언가를 계속하기로 마음먹은 그 마음이 위대하다.

## 좋아하는 것을 공유하기

MBTI 과몰입자인 나는 INFJ다. 겉으로 가장 잘 드러나 보이는 성격의 차이가 'F'와 'T'인데, T는 사고형, 즉 진실과 사실에 관심을 가지며 '옳다, 그르다' 판단을 선호하고, 보다 현실적인 대화를 추구한다는 특징이 있다. F는 감정형, 즉 사람과의 관계에 관심을 가지며 '좋다, 나쁘다' 판단을 선호하고, 주변 상황을 고려해 판단한다는 특징이 있다. 사람들은 F형 인간들이 공감을 하기를 좋아하고, 잘한다고들 말한다. 사람들이 그렇다고 하면 그런가, 생각하는 나는 나의 MBTI 결과를 보고 '역시'라고 생각했다. 나는 모든 대화에서 '공감'을 중요하게 생각한다.

나는 나의 취향을 공유하고 싶어서 유튜브를 시작했다. 내 취향과 비슷한 채널을 찾으면 즐거웠고, 내 취향에 공감한다는 댓글이 달리면 기뻤다. 유튜브가 떡상해서 떼돈을 벌면 물론 좋겠지만 그보다는 '공감의 즐거움'을 얻는 것이 내 채널의 목적이었다. 오히려 너무 유명해져서 내 취향을 공유하는 게 아니라, 돈이 되는 콘텐츠를 만들고 싶어지면 어쩌나 하는 김칫국도 자주 마신다.

누군가와 취향을 공유하는 것은 즐거운 일이다.

우리 엄마는 30년 차 시인이다. 30대 때 등단해 5권의 시집을 냈다. 엄마는 시인들의 모임이나 시낭송회 행사를 통해 끊임없이 시를 나눈다. 시를 쓰는 사람들과의 모임뿐 아니라, 다른 곳에서도 엄마는 '공유하기'를 멈추지 않는다. 좋아하는 친구들에게, 그들의 상황에 맞는 시를 메신저로 보내주면서 때로는 응원을, 때로는 위로를 건넨다. 엄마의 구독자도 생겼다. 엄마가 시인이라고 자기소개를 하자, 자신은 시 읽는 걸 너무 좋아한다며 절판된 엄마의 시집을 어떻게 구할 수 있는지 물었단다. 너무 간절히 구하고 싶어 하자 엄마는 자신이 최근에 쓴 시 몇 편을 그에게 보내주었다. 그의 입장에선 너무나 자기 취향인 작가의 미

공개 작품을 단독으로 받은 셈이다. 그는 엄마에게 잡곡이나 산나물 같은 선물을 보냈다. 엄마는 뭐든 돌려주고 싶어 이것저것 답례품을 준비했으나, 그는 엄마의 시 한 편이면 됐다며 한사코 거절을 했다.

그렇게 엄마는 일주일에 한 편, 주변의 지인들에게 자신의 작품을 공유한다. 시상이 떠올라 신작을 써낸 주에는 그 작품을, 새로운 시가 없다면 기존에 써 둔 시 중에서 요즈음 계절에 어울리거나 지인의 상황에 맞는 시를 골라 보냈다. 오로지 자신을 위해 선택된 그 시는 받는 이를 행복하게 만들기에 충분했다. 내가 좋아하는 작가가, 나를 위한 하나의 작품을 고르고 골라 보내준다니. 역으로 엄마 입장에서도 참 행복한 일이다. 취미로 시작한 일에 누군가가 행복해하는 모습을 볼 수 있다는 것. 약간의 수고로움만 더했을 뿐인데 '요즘 인생의 낙'이라며 즐거워하는 이의 감동을 받는 것. 내 책장 속에 있던 한 편의 시가 누군가를 만나 더 빛나는 모습을 보는 것. 수고로움조차도 반짝거리는 일이렷다.

살짜쿵 인형

나의 키덜트 친구는 '무언가를 좋아한다는 것'에 대해 이런 말을 했다. 자신이 무언가를 좋아한다는 사실을 주변에 공유하면, 사람들이 여러 상황에서 나를 기억해준다고. 그 사실이 참 좋다고 했다. SNS에서 '이거 완전 너랑 어울린다'며 소환하기도 하고, 심지어는 여행 가서 너의 취향저격 제품을 발견했다며 사 오기도 한다. 무언가를 좋아한다는 것은 다른 사람에게 나를 떠올리는 일이 된다. 그렇게 누군가와 자신을 연결하는 일이 되는 것이 참 기분 좋은 일이라고 했다. 좋아하는 것이 비단 우리처럼 어떤 캐릭터가 아니어도 된다. 좋아하는 음식, 지역, 동물, 혹은 단어. 뭐가 됐든 내가 좋아하는 분명한 무언가가 생기면 그것 혹은 그것과 관련된 모든 것을 볼 때마다 나를 떠올리게 된다. 나의 분명한 '아이덴티티'가 생기며, 또 다른 아이덴티티를 가진 누군가와 유기적으로 연결된다. 자신이 좋아하는 것으로 인해 경험의 폭이 한층 넓어지면서 삶이 풍요로워지는 경험을 했노라고 친구는 말했다.

좋아하는 것이 같지 않아도 취향의 공유는 의미가 있다. 이렇게 누군가에게 시시때때로 나를 떠올리게 하는 요소가 된다. 한 번이라도 더 대화를 나눌 수 있고, 덕분에 얼굴 볼 계기를 만들기도 하며, 심지어는 선물까지 주고받을 수 있다. 그렇게 생성된 시간은 그저 스쳐 지나가는 일상이 될 수도 있지만 대부분 시나브로 내 인생에 어떠한 영향을, 무수한 기회를, 풍요로운 행복을 만들어 줄 것이다.

　무언가를 좋아한다는 사실 하나로 선명해지는 나의 아이덴티티. 그것으로부터 시작되는 무수한 이야기들이 참으로 즐겁다.

# 나에 대한 분명한 정의

나는 어릴 때부터 '나는 어떤 사람인가'에 대한 생각이 많았다. 예상치 못한 일, 내 계획에서 틀어지는 일을 그다지 좋아하지 않는 나는 스스로에 대해서도 분명히 정의함으로써 '이런 상황에서 내가 어떻게 행동할 것인가'를 미리 예측하고 싶었다. 보통은 사춘기 시절에 끝내는 고민인데, 서른이 넘어서도 계속하고 있다.

평생 나는 완벽주의 강박에 시달렸던 것 같다. 확실하게 쓰지 않은 이유는, 이 사실을 최근에야 깨달았기 때문이다. 나는 항상 스스로에게 엄격하고 높은 기준점을 잡아 '항상 부족한 사람'이라고 스스로를 평가했다. 나를 자존감이 낮은 사람이라고 평가하고, '자존감이 낮은 나'를 있는 그대로 받아들이는 것만이 정답이라고 생각했다. 인형 수집광이 되면서 나조차도 몰랐던 나의 여러 모습을 생경하게 마주하면서 조금씩 생각의 변화가 생겼다. 여러 캐릭터, 여러 페르소나의 내가 완벽할 수 없는데 나는 감히 나를 한 모습으로 정의하고 평가하려 했던 것이다. 나는 왜 스스로 만족하지 못하고, 자존감 낮은 사람이라 여기며, 완전히 다른 훌륭한 사람이 되기만을 기다리고 있었는지. 그런 생각을 하게 된, 완벽주의자가 된 나를 비로소 이해하게 되었다.

이러한 성향은 습관처럼 평생 나를 따라다닌 것이어서 일순간 떨쳐버릴 수 없는 것이지만 '내가 이런 강박이 있었구나', '나는 한 가지만으로 평가할 수 있는 사람이 아니구나'를 깨달은 순간 마음이 굉장히 가벼워졌다. 평생을 괴롭혔던 질문에 대한 답을 찾은 것만으로도 명쾌해졌다.

명쾌해진 마음 위로 나를 정의하는 단어들이 쌓였다. 나를 면밀히 들여다보니, '나'라는 사람은 나만이 가지고 있는 기준과 가치관으로 채워져 있음을 알게 되었다. 나는 나만의 가치관을 인형수집이라는 취미를 통해 구체화할 수 있었다. 나의 가치관은 "나에게 중요한 것은 무엇인가", "나를 행복하게 만드는 것은 무엇인가"라는 질문을 통해 찾을 수 있다. 두 질문은 서로 '삶'과 '행복'이라는 키워드로 밀접하게 연결되어 있다.

나에게 중요한 것은 무엇인가. 나의 삶에서 꼭 지켜져야 할 것은 무엇인가. 내가 수집한 '수집품'이 중요한가, 수집품을 만나기까지 그리고 그 이후 함께한 '과정'이 중요한 것인가. 다른 사람보다 더 멋진 콜렉션을 만드는 것이 중요한가, 그저 나에게 행복감만 주면 그만인가.

사람의 삶은 기억의 조각들로 풍성하게 채워진다. 대체로 우리의 삶은 힘들고, 불편하고, 견뎌내기 어려운 무언가로부터 벗어나기 위해 애쓰는 시간의 비중이 많다. 그럼에도 불구하고 아주 가끔 즐겁고 소중한 기억으로 살아갈 동력을 얻는다. 남들이 보기엔 별것 아닌 사소한 기억이 모래알처럼 한 사람을 채워간다. 사람은 그렇게 살아갈 수 있다. 살기 위해, 행복을 찾는다.

행복의 가치를 감히 계량화할 수 없지만, 100짜리 좋은 일 한 번보다, 1짜리 즐거운 일 백 번이 우리의 삶을 보다 윤택하게 만든다. 누구나 소소한 행복보다는 커다랗고 위대한 행복을 기대하지만, 우리의 일상을 지탱해주는 것은 작은 행복들이다. 사소한 행복이 자주 찾아올수록 우리는 더욱더 견고하게 자신을 지킬 수 있다. 좀 더 구체적으로 말하자면, 나에게 중요한 것은 나를 행복하게 만드는 사소한 '이야기'들이다. 인형 하나를 만나기까지의 여정, 이 친구를 선택한 이유, 처음 만났을 때의 마음, 안김성이 주는 가치, 그리고 끝내 떠나보내게 되었을 때 창출되는 부가적인 행복까지. 나를 향한 끝없는 긍정적인 이야기들이 내 주변을 채워갈 때 비로소 나는 단단해진다. 이 모든 과정이 켜켜이 쌓여 작고 잦은 행복을 준다.

'나를 행복하게 만드는 것은 무엇인가'에 대한 나의 대답은 앞서 구구절절 이야기했듯, '새로운 인형을 만나는 일'이다. 나는 귀여운 무언가를 보는 것만으로도 쉽게 행복해진다. 예상하지 못한 갑작스러운 일에 스트레스를 받는 나는, 귀여운 인형을 보면서 일순간의 스트레스를 잊는다. 인형은 내게 손쉽게 만날 수 있는 행복이자, 예측 가능한 행복이다.

살짜쿵 인형

## 에필로그

# 귀여운 것을 모으는 할머니가 되는 게 꿈입니다.

어릴 적부터 꿈꿔온 모습이 있다. 4층짜리 작은 건물에서 가족, 친구들과 함께 사는 것이다. 1층에는 친구가 카페를 운영하고, 2층에는 작은 도서관을 만들어 엄마, 아빠의 서재를 겸할 것이다. 3층에는 나의 인형 전시장이 있고 4층에는 내가 사는 집이 있다. 지하에는 신나게 뛰어놀 수 있는 놀이공간도 만들 예정이다.

내 미래의 인형 전시장은 다락방처럼 꾸며져 있을 것이다. 화려한 조명에 전부 유리장으로 되어 있는 멋진 박물관은 아니다. 그냥 지금의 내 인형방처럼, 누군가의 방 같은 공간이었으면 한다. 내가 인형방에서 그러했듯, 이곳을 보러 온 사람들도 편히 인형의 눈을 바라볼 수 있었으면 한다. 한 켠에 놓인 커다란 쿠션에 앉아서 인형들의 눈을 지긋이 바라볼 수 있는 곳이어야 한다. 그리고 내가 색색이 모은 인형들이 정갈하게, 그 어떤 친구도 구석에 박히지 않고 골고루 얼굴이 드러나야 한다. 하루에 한 번씩은 모든 친구들과 눈맞춤을 하며 '잘 있었니' 인사할 수 있었으면 한다.

인형 수집광으로 살아가면서 알게 모르게 나의 세계는 아주 많은 것이 변화했다.

나도 몰랐던 나를 알아가고, 무한히 확장하며 다채롭게 채워지는 나의 세계를 느낄 수 있었다. 그저 '자존감이 낮은 아이'라고 스스로 평가했던 과거와 달리, 내가 무엇을 좋아하는지, 무얼 할 때 가장 행복한지 너무나 잘 알게 된 지금. 남들 앞에 나서서 하는 건 전부 자신 없던 과거와 달리, 불특정 다수의 얼굴 없는 시청자가 가득한 유튜브에 나 혼자 떠드는 영상을 매번 올리는 지금의 나. 나의 내밀한 세계를 들여다보면 나의 행복에 초점을 맞추며 살아가는, 좀 더 단단한 어른이 되었음을 스스로 느낀다. 인형을 좋아하는 어른은 철이 덜 든 것이 아니라, 그 누구보다 성숙한 사람인 것이라고 당당히 말할 수 있다.

나뿐만 아니라 나의 주변도 변했다. 다 커서

무슨 인형을 사냐고 말하던 가족들은, 같이 외출할 때 "여긴 뭐 찍을 거 없니? 너 인형 안 봐도 되니?" 먼저 물어봐 주는 조력자가 되었다. 방구석에 인형이나 모으던 딸래미를 내심 걱정하던 아빠는 나의 인형 전시회 소식에 누구보다 가장 크게 지지하며, 친구까지 전시장에 데려올 정도로 자랑스러워했다. 친구들은 내 영상을 몇 번이나 돌려보며 나에게 없는, 내가 좋아하는 캐릭터 굿즈를 발견할 때마다 사다 준다. 인형을 매개체로 나는 정의되고, 인식되고, 기억되고, 인정받고, 사랑받는다.

인형 수집을 한 10년간, 취향은 미세하게 바뀌었다. 할머니가 된 미래의 어느 시점에는 또 어떤 인형이 최애일지 모르겠다. 그럼에도 여전히 귀여운 것을 좋아하고, 꾸준히 모으는 그런 할머니면 좋겠다. 나는 인형을 가장 많이 모으는 사람이 되고 싶은 게 아니다. 덜 사랑하게 된 아이들은 나눔이든 기부든 새로운 주인에게 보내기도 한다. 그렇기에 나의 인형 전시장은 세상에서 가장 큰, 가장 화려한 공간은 아닐 테다. 그럼에도 나의 공간은 눈부시게 사랑스러울 것이다. 나의 모든 것이 담겨 있고 그 자체로 나의 모든 것이 되어버린, 나의 좋아하는 마음이 가득 담겨 있으니까.

### 내가 어떤 색의 인간이든

내가 이 책을 쓴 이유는 인형 수집이라는 취미를 통해 내가 얻은 행복감을 나누기 위해서이다. 하지만 누군가는 내 글을 보면서 형언할 수 없는 박탈감을 느낄지도 모른다.

이런 글을 본 적 있다. 취향이 확실한 사람이 매력적이라는 글. 그 사람이 좋아하는 영화, 책, 음악에 대한 이야기를 듣고 그 사람 취향의 음식과 술을 마시며, 그 사람이 추천해준 카페와 공원을 거니는 일이 얼마나 흥미롭겠느냐는. 이 글에는 "맞아, 취향이 뚜렷한 사람은 정말 매력적이더라"는 반응도 많았지만 "나는 저만큼 확실한 취향이 없는데… 나는 무색무취 인간인 걸까"라는 반응도 있었다.

취향이 확실한 건 멋진 일이다. 나만의 분명한 색깔, 분명한 향기가 생기는 기분은 나의 자아를 보다 단단하게 만드는 것 같다. 내가 좋아하는 것을 통해 나를 정의하고, 나를 설명하는 것. 그것이 내가 나만의 취미를 만든 이유일지도 모른다.

하지만 모든 사람이 분명한 취향을 가질 필요는 없다고 생각한다. 취향이 확실한 사람을 보며 '그것 참 좋다' 생각하고 그에 스며들 수 있는 사람. 나만의 분명한 취향은 없지만 어떤 취향이든 받아들일 수 있는 사람들이 있다. 취향의 스펙트럼이 넓다는 것도 취향이 분명하다는 것만큼이나 아름답고 의미 있다. 이 세상은 뚜렷한 자기 색깔을 지닌 사람과 그 사람들을 받아들여주는 투명함을 가진 사람들로 이루어져 있다.

나는 단지 나의 취미를 자랑하기 위해 글을 쓴 것이 아니다. 나의 수집욕이나 열정을 뽐내기 위해서도 아니다. 결핍 때문이든 힘겨운 현실을 벗어나기 위해서든, 어떤 이유에서든, 무언가에 빠져 몰입하는 경험이 나를 구원했다는 이야기를 하고 싶었다. 내가 좋아하는 것을 통해 힘을 얻고, 행복감을 느끼고, 그 과정에서 점차 단단해지는 경험을 했다는 것. 그로 인해 내 삶이 생각지도 못한 방향으로 뻗어가고, 다채롭게 채색되어 가는 경험을 했다는 것.

종류 불문, 내가 가장 좋아하는 단 한 가지를

떠올려보자. 그 무엇도 거스르는 마음 없이 나는 이것을 좋아한다고 말할 수 있는 것. 나에게도 타인에게도 한 점의 스트레스도 주지 않으면서 그 순간 나를 평온하게 만들어주는 어떤 것. 누구와도 비교하지 않고 오롯이 나에게 집중할 수 있는 어떤 것. 그것을 위해 대단히 돈을 쓰지 않아도 되고, 시간을 쏟지 않아도 된다. 그저 무언가를 좋아하는 마음만이 가득해서 여러 모양의, 여러 색의 행복을 느낄 수 있었으면 좋겠다. 무언가를 좋아하는 나를 그대로 인정하고, 그렇게 나 자신을 있는 그대로 받아들일 수 있기를 바란다.

살짜쿵 인형